In der Reihe der
Ullstein Bücher:

Science-Fiction-Stories 1 (2760)
Science-Fiction-Stories 2 (2773)
Science-Fiction-Stories 3 (2782)
Science-Fiction-Stories 4 (2791)
Science-Fiction-Stories 5 (2804)
Science-Fiction-Stories 6 (2818)
Science-Fiction-Stories 7 (2833)
Science-Fiction-Stories 8 (2845)
Science-Fiction-Stories 9 (2853)
Science-Fiction-Stories 10 (2860)
Science-Fiction-Stories 11 (2873)
Science-Fiction-Stories 12 (2877)
Science-Fiction-Stories 13 (2883)
Science-Fiction-Stories 14 (2889)
Science-Fiction-Stories 15 (2894)
Science-Fiction-Stories 16 (2899)
Science-Fiction-Stories 17 (2905)
Science-Fiction-Stories 18 (2916)
Science-Fiction-Stories 19 (2924)

Science-Fiction-Romane:
Jeff Sutton:
Die tausend Augen des Krado 1 (2812)
Sprungbrett ins Weltall (2865)
Samuel R. Delaney:
Sklaven der Flamme (2828)
Cyril Judd:
Dic Rebellion des Schützen Cade (2839)
Eric Frank Russell:
Planet der Verbannten (2849)
Gedanken-Vampire (2906)
Larry Maddock:
Gefangener in Raum und Zeit (2857)
Bart Somers:
Zeitbombe Galaxis (2872)
Welten am Abgrund (2893)
Manly W. Wellman:
Insel der Tyrannen (2876)
Invasion von der Eiswelt (2898)
Robert Moore Williams:
Zukunft in falschen Händen (2882)
H. Beam Piper:
NULL-ABC (2888)
Murray Leinster:
Die Irrfahrten der »Spindrift« (2917)
Frederik Brown:
Sternfieber (2925)

Ullstein Buch Nr. 2930
im Verlag Ullstein GmbH,
Frankfurt/M — Berlin — Wien
Aus dem Amerikanischen übersetzt
von Ingrid Rothmann

Erstmalig in deutscher Sprache

Umschlagillustration: Fawcett, Inc.

Aus »The Fantastic Swordsmen«
Printed in Germany 1973
Gesamtherstellung:
Augsburger Druck- und
Verlagshaus GmbH
ISBN 3 548 02930 2

Science-Fiction-Stories 20

von

Lord Dunsany

Robert E. Howard und

L. Sprague de Camp

John Jakes

Henry Kuttner

ausgewählt
und zusammengestellt
von Walter Spiegl

ein Ullstein Buch

Inhalt

Die Entstehung der Zunft der Geschichtenerzähler reicht weit in die Vergangenheit zurück. Es gab schon immer Leute, die verstanden es, sich ihren Unterhalt damit zu verdienen, indem sie ihre Stammesgenossen mit Sagen, Legenden und anderen Erzählungen erfreuten. Während sie ihr Garn sponnen, konnten ihre Zuhörer die Mühen des Alltags in einer bunten Mischung von Ersatz-Emotionen vergessen; Spannung, Mitleid, Belustigung, Schrecken, Gelächter, Verwunderung, Zorn, Trauer, Verzweiflung und Hoffnung. Sie atmeten erleichtert auf, wenn dem Helden die Flucht um Haaresbreite glückte, so als wären sie selbst den Tücken des Zauberers oder dem Rachen eines Drachenungeheuers entkommen. Gemeinsam mit Odysseus glückte ihnen die Flucht vor den Zyklopen, mit Sindbad entdeckten sie das Ei des Vogels Rock, mit Sigurd erschlugen sie den Drachen Fafnir und gewannen den Hort.

Der routinierte Erzähler verwob Elemente des Alltagslebens mit Elementen der Fantasie: erstere dienten dazu, eine Illusion der Wirklichkeit zu schaffen, letztere, um Farbe und Glanzlichter beizusteuern, die über das hinausgingen, was der Alltag den meisten Menschen bietet. Mit dem Aufkommen der Kunst des Schreibens lernten es die Geschichtenerzähler, ihre Erzählungen aufzuzeichnen. Die mündliche Überlieferung hat sich jedoch noch heute in Ländern, in denen ein Großteil der Bevölkerung zu den Analphabeten zählt, erhalten.

Das Hauptanliegen des Geschichtenerzählers war, wie gesagt, reine Unterhaltung. Vielleicht hat er es auch hin und wieder versucht, eine Moral anzubringen, eine Tatsache zu lehren, seinen Glauben oder seine Philosophie darzulegen oder seine Zuhörer mit einer neuen Idee oder einer unerwarteten Wendung zu verblüffen. Vielleicht auch, um seine eigenen Dämonen auszutreiben, indem er sie in seine Erzählungen einbaute. Doch alle diese Absichten spielten neben dem Hauptgrund — der Unterhaltung — eine untergeordnete Rolle. Ein Geschichtenerzähler, der eine andere Absicht als die der Unterhaltung an die erste Stelle setzte, mußte bald erfahren, daß er tauben Ohren predigte. Und wer ihm nicht zuhörte, ließ natürlich nie eine Drachme oder Rupie springen.

Im vergangenen Jahrhundert sind leider immer mehr Geschichtenerzähler zu der Auffassung gelangt, man müßte eines der erwähnten Nebenziele an die erste Stelle, also vor die Unterhaltung stellen. In den ersten Jahren dieses Jahrhunderts gab es eine Flut von Romanen mit sozialen Problemen. (Soll eine reiche Erbin ihren Chauffeur heiraten?) Dann kamen Geschichten, die die Zustände in dieser oder jener Industrie aufdeckten oder die Reichen geißelten. Dann gab es die Arbeiterromane, welche die Übel des Kapitalismus anprangerten und die »Große Morgendämmerung« priesen. Noch nicht so lange zurück liegen die Studien von Fällen abnormer Psychologie, die nur dürftig als Dichtung verkleidet waren. Es hat Autoren gegeben, welche die Personen der Handlung überdimensionalen Genitalien degradierten. Es gab Romane, deren Helden menschliche Nullen sind — dumme, pathetisch kleine Tölpel ohne Hirn, Muskeln oder Charakter. Dann gab es literarische Produkte, in denen Wörter und Sätze ganz zufällig aneinandergefügt schienen, so daß es eines Kryptographen bedurft hätte, eine Bedeutung herauszufinden — falls es überhaupt eine gab . . .

Nun, das ist natürlich etwas für Leser, die daran Gefallen finden. Und wenn man den Verkaufszahlen glauben will, sind es sehr viele.

Aber es gibt daneben sehr viele Menschen, die eine Geschichte um der Geschichte willen lesen. Wenn sie lesen, möchten sie in erster Linie unterhalten werden — und nicht belehrt, emporgehoben, bekehrt, angefeuert, vor dem kommenden Untergang gewarnt oder zu dem Eingeständnis gezwungen, was für ein ungeheuer kluger Kopf der Verfasser doch ist. Und diejenigen Leser, die Unterhaltung bevorzugen, finden sie in den Erzählungen und Romanen der *heroic fantasy* in ihrer reinsten Form.

Fantasy fiction, wie sie hauptsächlich in den Vereinigten Staaten entstand und veröffentlicht wurde, ist vom Ursprung her nicht loszulösen von der gemeinsamen Wurzel mit *Science fiction*. Autoren, deren Namen und Pseudonyme man später nur noch in Science-Fiction-Magazinen und auf den Umschlägen von Science-Fiction-Romanen entdeckte, haben mit dem Schreiben von *Fantasy fiction* begonnen: Ray Bradbury, Henry Kuttner, Fritz Leiber, Theodore Sturgeon und viele andere.

In diesem Zusammenhang ist eine Definition interessant, die Sam Moskowitz in seinem Buch *Explorers of the Infinite* (The World Publishing Company, 1963) so formulierte: »Als ein Zweig der Fantasy ist Science fiction daran erkennbar, daß sie dem Leser bei der von ihm gewollten Verdrängung des Unglaubhaften entgegenkommt, indem sie sich einer Atmosphäre wissenschaftlicher Glaubhaftigkeit bedient bei ihren phantasievollen Spekulationen in Raum und Zeit, auf den Gebieten der Naturwissenschaften, der Sozialwissenschaften, der Philosophie.«

Science fiction als Ganzes wäre ohne Fantasy, ohne *»sense of wonder«*, dieser verspielten Freude am Unvorstellbaren, Unvorhergesehenen, schwer denkbar. Zumindest wären wir um eine große Anzahl ausgezeichneter Erzählungen und Romane ärmer.

Wenn er gerade nicht um die Welt reiste, in England auf die Fuchsjagd ging oder Wildziegen in der Sahara jagte, die Schachmeisterschaft vor Irland gewann, als britischer Offizier im Burenkrieg und im ersten Weltkrieg diente, fand Edward John Moreton Plunkett, achtzehnter Baron Dunsany (1878—1958), noch Zeit, mehr als sechzig Bände von Erzählungen, Theaterstücken, Gedichten und Autobiographien zu schreiben. Und das alles mit dem Federkiel.

Dunsanys Einfluß war vielleicht der stärkste, der von einer einzelnen Persönlichkeit auf die Entwicklung der *Fantasy fiction* in unserem Jahrhundert ausging. Er war jener Autor, der die in den achtziger Jahren des 19. Jahrhunderts von William Morris wiederbelebte *heroic fantasy* in die Form der Short Story kleidete. Viele Schriftsteller nach ihm, wie zum Beispiel Lovecraft, Clark Ashton Smith, Fletcher Pratt und L. Sprague de Camp wurden von ihm beeinflußt.

Die folgende Erzählung ist eine von den frühen Werken des hochgewachsenen, temperamentvollen, kühnen, vielseitigen, sportlichen und leichtlebigen anglo-irischen Peers. Es ist eine geradlinige Erzählung, die eine ausgeprägte und lebhafte Phantasie verrät.

Lord Dunsany

SACNOTH UND DIE FESTUNG UNBEZWINGBAR

In einem Wald, älter als die Überlieferung, stand das Dorf Allathurion. Und es herrschte Frieden zwischen den Bewohnern jenes Dorfes und allen Wesen, die auf den dunkeln Pfaden des Waldes wandelten, ganz gleich, ob es menschliche waren oder ob sie zu den wilden Tieren gehörten oder zum Geschlecht der Feen, Elfen und geheiligten kleinen Gottheiten des Flusses und des Waldes. Friede herrschte aber nicht nur unter den Dorfbewohnern selbst, sondern auch zwischen ihnen und ihrem Herrn Lorendiac. Vor dem Dorf lag ein großer, freier, grasbewachsener Platz, an den der große Wald grenzte. Hinter dem Dorf jedoch reichten die Bäume bis zu den Hütten, deren große Balken, das hölzerne Fachwerk und die grün bemoosten Strohdächer sie fast als einen Teil des Waldes erschienen ließen.

Nun aber kam in jener Zeit, von der ich berichte, großes Ungemach nach Allathurion, denn wenn der Abend sich niedersenkte, pflegten grausige Träume sich einzustellen. Sie schlüpften zwischen den Baumstämmen hindurch in das friedliche Dorf. Und sie bemächtigten sich der Gemüter der Menschen und führten sie in nächtlichen Wanderungen durch die glühenden Gefilde der Hölle. Da schleuderte des Dorfes Zauberer Bannsprüche gegen diese grausigen Träume. Trotzdem aber schlüpften die Träume zwischen den Bäumen hervor, sobald die Dunkelheit hereinbrach, und sie führten die Gemüter der Menschen des Nachts an schreckliche Orte und bewirkten, daß die Menschen den Satan öffentlich priesen.

Und die Menschen von Allathurion begannen den Schlaf zu fürchten. Sie wurden abgehärmt und bleich, einige aus Verlangen nach Schlaf, andere wiederum aus Angst vor den Dingen, die sie in den aschebedeckten Gefilden der Hölle gesehen hatten.

Da stieg der Zauberer in den Turm seines Hauses hinauf, und es konnten die ganze Nacht über die von der Angst Wachgehaltenen hoch oben den einsamen Lichtschein aus seinem Fenster sehen. Tags darauf, als die Abenddämmerung der Nacht gewichen war, begab sich der Zauberer an den Saum des Waldes. Dort angekommen, sprach er die Zauberformel, die er sich zurechtgelegt hatte. Und der Zauberspruch war mächtig und schrecklich und besaß Macht über böse Träume und über die Geister des Bösen, denn der Spruch war eine Strophe aus vierzig Zeilen, in vielen Sprachen, toten und lebenden, und enthielt das Wort, mit dem die Bewohner der Ebene ihre Kamele verfluchen und den Ruf, mit dem die Walfänger des Nordens die Wale an die Küste locken, um sie zu töten, und ein Wort, das bewirkt, daß die Elefanten trompeten; und jede der vierzig Zeilen schloß mit einem Reim auf »Wespe«.

Und noch immer kamen die Träume durch den Wald gehuscht und führten die Seelen der Menschen in die Gefilde der Hölle. Da erkannte der Zauberer, daß die Träume von Gaznak kamen. Daher versammelte er die Leute des Dorfes und verkündete, daß er seinen mächtigsten Zauber gesprochen hätte — einen Zauber, der Macht hatte über alles Menschliche und die Stämme der wilden Tiere. Und da er nicht gewirkt hatte, müßten die Träume von Gaznak stammen, dem größten Zauberer zwischen den Weiten der Gestirne. Und er las den Menschen aus dem Buch der Magier vor, in dem das Kommen der Kometen vorhergesagt wird. Und er berichtete ihnen, wie Gaznak auf einem Kometen reitet und daß er die Welt einmal in zweihundertdreißig Jahren besucht, sich eine riesige, uneinnehmbare Festung erbaut und Träume ausschickt, um damit die Gemüter der Menschen zu füttern. Er verschwieg auch nicht, daß Gaznak unbesiegbar wäre, es sei denn, das Schwert Sacnoth würde gegen ihn geführt.

Da senkte sich kalte Furcht auf die Herzen der Dorfbewohner, als sie erkennen mußten, daß ihr Zauberer nichts vermocht hatte.

Sodann sprach Leothric, Sohn des Lord Lorendiac, und er war zwanzig Jahre alt. »Guter Meister, welche Bewandtnis hat es mit dem Schwert Sacnoth?«

Und der Dorfmagier antwortete: »Edler Herr, ein Schwert, das ihm gleicht, hat noch niemand geschmiedet. Sacnoth liegt noch in der Haut des Tharagavverug verborgen und schützt dessen Rückgrat.«

Da fragte Leothric: »Wer ist Tharagavverug, und wo ist er zu finden?«

Und der Magier von Allathurion antwortete: »Es ist das Drachenkrokodil, das in den nördlichen Sümpfen haust und die Siedlungen an den Rändern des Sumpfes heimsucht. Seine Rükkenhaut ist aus Stahl und seine Unterseite aus Eisen; doch an der Mitte seines Nackens entlang, über dem Rückgrat, liegt ein schmales Band aus unirdischem Stahl. Dieses Stahlband ist Sacnoth und es kann weder gespalten noch geschmolzen werden, und es gibt nichts auf der Welt, das es zu brechen vermag oder ihm auch nur eine Kerbe beibringen könnte. Der Stahl hat die Länge und auch die Breite eines tüchtigen Schwertes. Solltet Ihr Tharagavverug besiegen, dann könnte man die Sacnoth umhüllende Haut in einem Ofen wegschmelzen; doch gibt es nur eines, was die Klinge von Sacnoth schärft — und das ist eines der Stahlaugen von Tharagavverug; und das andere Auge müßt Ihr am Griff von Sacnoth befestigen, und es wird für Euch sehen. Es ist aber ein hartes Beginnen, Tharagavverug zu besiegen, denn kein Schwert vermag seine Rückenhaut zu durchschneiden. Auch sein Rückgrat kann man nicht brechen, und er kann weder verbrennen, noch ertrinken. Tharagavverug kann nur einen Tod sterben — den Tod durch Verhungern.«

Da wurde Leothric von Betrübnis befallen, doch der Magier fuhr fort:

»Wenn ein Mensch Tharagavverug mit einem Stock drei Tage lang von seinem Fraß abhält, wird der Drache am dritten Tag bei Sonnenuntergang sterben. Obgleich er unverwundbar ist, kann man ihm an einer Stelle Schmerz zufügen, denn seine Schnauze ist nur aus Blei. Ein Schwerthieb würde bloß die darunterliegende, undurchdringliche Bronzeschicht freilegen, wenn aber seine Schnauze unentwegt mit einem Stock geschlagen wird, zuckt er unter dem Schmerz zurück, und so kann man Tharagavverug von seinem Fraß vertreiben.«

Da sagte Leothric: »Was ist sein Fraß?« Und der Magier von Allathurion sagte: »Sein Fraß sind Menschen!«

Leothric aber ging hin und schnitt sich einen großen Stock von einem Haselstrauch, und er legte sich an diesem Tag früh zur Ruhe. Doch am nächsten Morgen, aus drückenden Träumen erwacht, stand er vor Anbruch der Dämmerung auf, nahm Wegzehrung für fünf Tage mit und machte sich auf den Weg durch den Wald, nach Norden, zu den Sümpfen. Viele Stunden lang schritt er durch die Dämmerung des Waldes, und als er aus dem Wald heraustrat, stand die Sonne über dem Horizont und beschien die Wassertümpel einer Einöde. Sogleich sah er die Prankenspuren Tharagavverugs, tief im Boden eingegraben, und dazwischen die Spur seines Schwanzes, die einer Ackerfurchte glich. Da folgte Leothric den Spuren, bis er das Bronzeherz Tharagavverugs hörte, das wie eine Glocke dröhnte.

Und Tharagavverug, für den die Stunde seines ersten Mahles gekommen war, näherte sich mit laut dröhnendem Herzschlag einem Dorfe. Und alle Bewohner des Dorfes waren hervorgekommen, um ihm entgegenzugehen, wie es ihre Gewohnheit war. Denn sie konnten die Spannung nicht ertragen, Tharagavverug zu erwarten, sein dreistes Schnauben anzuhören, wenn er — von Tür zu Tür schleichend — bedächtig in seinem Metallhirn überlegte, wen er aus dem Dorfe diesmal wählen sollte. Und niemand wagte die Flucht, denn in jenen Tagen, als die Dorfbewohner vor Tharagavverug noch geflohen waren, hatte er sie, wenn er einmal sein Opfer gewählt hatte, unablässig verfolgt — wie ein böses Geschick. Gegen Tharagavverug half ihnen nichts. Einmal waren sie auf Bäume geklettert, als er kam. Doch der Drache kroch an den Baum, wölbte den Rücken, drehte sich leicht zur Seite und rieb sich am Stamm, bis dieser umfiel. Und als Leothric sich näherte, erblickte ihn Tharagavverug mit einem seiner kleinen Stahlaugen. Er kroch auf ihn zu, und das Dröhnen seines Herzens drang durch den geöffneten Rachen. Leothric wich dem Angriff seitwärts aus, kam zwischen den Drachen und das Dorf zu stehen und schlug ihm auf die Schnauze. Und der Stock hinterließ im weichen Blei eine Rinne. Tharagavverug wich unbeholfen aus und stieß einen erschrockenen Schrei aus, der sich wie der Klang einer riesigen Kirchenglocke anhörte, von der eine in der Nacht den Grüften entstiegene Seele Besitz ergriffen hatte; die Seele eines armen Sünders, die der Glocke ihre Stimme verlieh. Dann griff der Drache Leothric an und knurrte. Leothric wich mit einem Sprung aus und hieb dem Untier mit dem Stock abermals auf die Schnauze. Tharagavverug stieß wieder Töne aus, die wie das Läuten von Glocken klangen. Und jedesmal, wenn das Drachenkrokodil ihn angriff oder auf das Dorf zu wollte, versetzte ihm Leothric Hiebe.

So trieb Leothric das Ungeheuer den ganzen Tag über mit

dem Stock vor sich her, trieb es immer weiter von seiner Beute weg. Wütend klopfte das Herz des Untiers, das Schmerzensschreie ausstieß.

Gegen Abend gab es Tharagavverug auf, nach Leothric zu schnappen, und lief nun vor ihm her, um den Stockschlägen zu entgehen, denn seine Schnauze war wund und geschwollen. In der Dämmerung kamen die Dörfler hervor und tanzten zu Zimbel und Psalter. Tharagavverug überkam, als er das hörte, Hunger und grenzenlose Wut, denn er fühlte sich wie ein Herr, den man gewaltsam vom Festmahl im eigenen Schloß fernhält, während er hört, wie der Bratspieß kreist und das köstliche Fleisch brutzelt. In jener Nacht griff er Leothric stürmisch an und hätte ihn etliche Male in der Finsternis beinahe gepackt. Denn seine glühenden Stahlaugen konnten ebensogut bei Nacht wie bei Tage sehen. Leothric wich langsam, Schritt für Schritt zurück, bis die Dämmerung anbrach. Als es Tag war, befanden sie sich wieder vor dem Dorf, doch nicht so nahe wie bei Beginn des Kampfes, denn Leothric hatte Tharagavverug tagsüber weiter getrieben, als das Untier ihn in der Nacht wieder zurückgedrängt hatte. Wieder trieb nun Leothric das Ungeheuer mit dem Stock fort, bis die Stunde gekommen war, da das Drachenkrokodil gewohnt war, sein Menschenopfer auszusuchen. Ein Drittel pflegte er jeweils zu fressen, wenn er es entdeckt hatte, den Rest zu Mittag und am Abend. Da diese Stunde gekommen war, überkam Tharagavverug große Wildheit, er faßte blitzschnell nach Leothric, konnte ihn aber nicht erreichen und eine ganze Weile ging der Kampf hin und her, da keiner der beiden nachgeben wollte. Zu guter Letzt trugen die schmerzhaften Stockhiebe den Sieg über den Hunger des Drachenkrokodils davon, und es kehrte heulend um. Von diesem Augenblick an wurde Tharagavverug immer schwächer. Den ganzen Tag über trieb ihn Leothric mit dem Stock, und während der Nacht behaupteten beide ihre Stellungen. Als der dritte Tag heraufdämmerte, schlug das Herz des Untieres schon langsamer und schwächer. Es klang nunmehr, als würde ein müder Mann eine Glocke läuten. Einmal hätte Tharagavverug beinahe einen Frosch gefangen, doch Leothric trieb ihn gerade noch rechtzeitig weg. Gegen Mittag blieb das Drachenkrokodil eine lange Weile still liegen. Leothric stand in seiner Nähe und stützte sich auf seinen Stock. Er war müde und übernächtig und hatte jetzt Zeit, seinen Proviant zu verzehren.

Für Tharagavverug nahte das Ende sehr schnell. Am Nachmittag war sein Atem schon ganz heiser und entrang sich röchelnd seiner Kehle. Es klang wie das Hetzen einer vorbeifegenden Jagdmeute, das in der Ferne verebbt. Der Drache machte verzweifelte Versuche, ins Dorf zu gelangen, aber Leothric umkreiste ihn und hieb ihm auf seine zerschlagene Schnauze. Kaum zu vernehmen war jetzt der Herzton. Er klang wie eine Kirchenglocke, die man von weit her über die Hügel hört und den Tod eines Unbekannten kündet. Dann ging die Sonne unter und spiegelte sich flammend in den Fenstern des Dorfes, und ein Seufzen ging über die Welt, und in manch einem Gärtchen sang eine Frau. Und Tharagavverug hob noch einmal sein Haupt und starb vor Hunger, und das Leben wich aus seinem unverwundbaren Leib. Leothric legte sich neben ihn und schlief ein. Später, im Licht der Sterne, kamen die Dörfler herbei und trugen den schlafenden Leothric ins Dorf, ihn unterwegs im Flüsterton lobpreisend. Sie legten ihn in einem Haus auf ein Lager und tanzten draußen schweigend, ohne Psalter und Zimbel. Am nächsten Tag schleppten sie voller Freude das Drachenkrokodil nach Allathurion. Leothric ging mit ihnen, seinen zerschrammten Stock triumphierend schwingend. Ein großer, starker Mann, der Schmied von Allathurion, machte ein großes Feuer und zerschmolz Tharagavverug, bis nur mehr Sacnoth übrig war, das inmitten der Asche hervorschimmerte. Dann nahm er eines der kleinen Augen des Drachen und schliff damit Sacnoths Schneide, während das Stahlauge Facette um Facette kleiner wurde. Ehe es verschwunden war, hatte es Sacnoth entsetzliche Schärfe verliehen. Das zweite Auge jedoch fügte man in das Ende des Schwertgriffes, wo es blau schimmerte.

Und in jener Nacht erhob sich Leothric, nahm das Schwert und brach gen Westen auf, um Gaznak zu suchen. Bis zur Morgendämmerung wanderte er durch den dunklen Tann, und den ganzen Morgen bis zur zweiten Tageshälfte. Am Nachmittag betrat er offenes Land und erblickte, wenig mehr als eine Meile entfernt, in der Mitte des Landes, das von den Menschen gemieden wird, Gaznaks Festung auf einem Hügel.

Leothric sah, daß das Land sumpfig und öd war. Strahlend weiß ragte die Festung empor, mit vielen Pfeilern auf massigen Grundfesten, sich nach oben zu immer mehr verjüngend, mit vielen schimmernden Fenstern, auf die Licht fiel. Nahe der höchsten Spitze trieben weiße Wolkenfetzen, über denen einige Spitztürme hervorlugten. Nun drang Leothric in die Sümpfe ein, und das Auge Tharagavverugs hielt, vom Griff Sacnoths aus, wachsam Ausschau. Denn Tharagavverug hatte die Sümpfe gut gekannt, und so stieß das Schwert Leothric nach rechts oder zog ihn nach links, weg von den gefährlichen Stellen, und führte ihn sicher bis an die Mauern der Festung.

In den Mauern befanden sich Tore, die stählernen Schluchten glichen, alle mit Eisenblöcken verrammelt. Über den Fenstern waren grauenvolle steinerne Wasserspeier angebracht. Und an einer Mauer der Festung schimmerte der Name der Festung in riesigen ehernen Lettern: »Festung Unbezwingbar.«

Da zog Leothric Sacnoth hervor und enthüllte es, und die Wasserspeier verzogen ihre Fratzen zu einem Grinsen, und das Grinsen pflanzte sich sprungartig von einer Fratze zur anderen fort, bis hinauf zu den Giebeln, die über den Wolken thronten.

Und als Sacnoth enthüllt war und alle Wasserspeier grinsten, da war es, als tauche hinter einer Wolke Mondschein auf und schiene zum erstenmal auf ein Feld voll Blut und husche eilig über die feuchten Gesichter der Erschlagenen, die in gräßlicher Finsternis schlummern. Leothric näherte sich einem Tor, und es war mächtiger als jener Marmorblock Sacremona, aus dem die Alten riesige Tafeln schlugen, um die Abtei der Heiligen Tränen zu erbauen. Tag für Tag rissen sie dabei die Rippen des Berges heraus, bis die Abtei, hoch aufragend, dastand, und sie war schöner als alles aus Stein. Dann segneten die Priester Sacremona, und letzterer hatte Frieden und man entnahm ihm keinen Stein mehr, um Häuser der Menschen damit zu bauen. Und der Marmorhügel stand nun einsam im Sonnenschein, nach Süden blickend, entstellt durch eine riesige Narbe. So riesig also war das Tor aus Stahl. Und der Name des Tores lautete: »Pforte des Widerhalls, Weg des Krieges.«

Dann hieb Leothric mit Sacnoth gegen die Pforte des Widerhalls und das Echo drang klingend durch die Gewölbe, und alle Drachen in der Festung bellten. Und als das Gebell des entferntesten Drachen sich schwach im Lärm vernehmen ließ, wurde weit oben in den Wolken, unter den dämmrigen Giebeln, ein Fenster geöffnet, und ein Weib schrie heraus. Weit entfernt, in der Hölle, hörte ihr Vater sie und wußte, daß ihre Stunde geschlagen hatte.

Und Leothric fuhr fort, gewaltig mit Sacnoth um sich zu schlagen, und der graue Stahl der Pforte des Widerhalls, gehärtet, um allen Schwertern der Welt zu widerstehen, fiel in Scheiben auseinander.

Mit Sacnoth in der Hand drang Leothric durch die Öffnung, die er geschlagen hatte, und betrat eine finstere, höhlenartige Halle, in die viele Nebenhöhlen mündeten.

Trompetend flüchtete ein Elefant. Als das Trampeln des Elefanten sich in den weitläufigen Gängen verloren hatte, rührte sich nichts mehr, und die höhlenartige Halle lag still da.

Plötzlich aber erklang aus der Dunkelheit der anderen Hallen melodisches Glockengeläute, das immer näher kam.

Lauschend wartete Leothric in der Dunkelheit, während die Glocken immer lauter erklangen. Ihr Echo pflanzte sich in den Gewölben fort. Da erschien eine Prozession von Kamelreitern, die in Zweierreihen aus dem Innern der Festung kamen. Sie waren mit assyrischen Krummsäbeln bewaffnet, in Rüstungen gekleidet, und von den Helmen hingen Kettenpanzer vor ihren Gesichtern herab, die während des Reitens hin und her schwangen. Und sie hielten vor Leothric in der Halle an. Die Kamelglöckchen verstummten. Der Anführer sagte zu Leothric:

»Gaznak, der Herr, wünschte, daß Ihr vor seinen Augen sterbet. Ihr sollt mit uns kommen und die Todesart vernehmen, die unser Herr, Gaznak, für Euch vorgesehen hat.«

Während er das sagte, nahm er eine Eisenkette von seinem Sattel. Leothric aber erwiderte:

»Nur zu gern gehe ich mit euch, denn ich bin gekommen, um Gaznak zu töten.«

Da brach die Kamelgarde Gaznaks in schauriges Gelächter aus und scheuchte damit die Vampire auf, die im unermeßlich weiten Deckengewölbe schlummerten. Der Anführer fuhr fort:

»Gaznak, der Herr, ist unsterblich, nur gegen Sacnoth nicht gefeit. Seine Rüstung schützt ihn jedoch sogar gegen Sacnoth, und er hat ein Schwert, das zweitstärkste der Welt.«

Da sagte Leothric: »Ich bin es, der der Herr über das Schwert Sacnoth ist.«

Er schritt auf die Reitergarde Gaznaks zu, und Sacnoth, das Schwert, schwang in seiner Hand auf und nieder, als würde es von einem frohlockenden Impuls bewegt. Da floh Gaznaks

Garde, und die Reiter schlugen, tiefgebeugt über ihre Kamele, mit Peitschen auf die Tiere ein und verschwanden mit Glockengeklingel durch Kolonnaden, Gänge und Hallengewölbe, bis sie in der Dunkelheit des Festungsinneren untergetaucht waren. Als der letzte Ton verklungen war, überlegte Leothric, welche Richtung er nun einschlagen sollte, denn die Kamelgarde hatte sich in viele Richtungen zerstreut. Schließlich ging er geradeaus weiter, bis er zu einer großen Treppe mitten in der Halle kam. Er setzte seinen Fuß in die Mitte einer breiten Stufe und stieg fünf Minuten lang die Treppe hinauf. In der großen Halle, durch die Leothric emporstieg, gab es nur wenig Licht. Nur da und dort drang es durch Bogenschlitze herein, während in der Welt draußen bereits der Abend verdämmerte. Die Treppe führte an zwei Türflügeln vorbei, die einen Spalt geöffnet waren, durch den Leothric eintrat. Er wollte geradeaus weitergehen, kam aber nicht weiter, denn der ganze Raum schien von Girlanden verhangen, die von Wand zu Wand reichten, und von Schlingen, die von der Decke herabhingen. Das ganze Gemach war dicht verhangen. Die Gewebe fühlten sich weich und leicht an, wie feine Seide, doch konnte Leothric keine einzige der Schlingen zerreißen. Obwohl sie anfangs vor ihm zurückgewichen waren, umschlossen sie ihn jetzt wie ein dichter Mantel. Leothric trat einen Schritt zurück und zog Sacnoth — und Sacnoth durchschnitt die Ranken geräuschlos, und geräuschlos sanken die zerschnittenen Stücke zu Boden. Leothric drang langsam vorwärts, Sacnoth vor sich haltend und im Gehen auf und abbewegend, um sich den Weg zu bahnen. In der Mitte des Gewölbes angekommen, sah er plötzlich — als er mit Sacnoth eine große Matte aus Seilen zerschnitten hatte — eine Spinne vor sich, die größer als ein Widder war. Aus kleinen Äuglein, in denen viel Tücke lag, sah sie ihn an und sagte:

»Wer seid Ihr denn, der Ihr die Mühsale vieler Jahre zerstört? Eine Arbeit, zu Ehren Satans getan?«

Und Leothric gab zur Antwort: »Ich bin Leothric, der Sohn des Lorendiac.«

Und die Spinne darauf: »Ich will sogleich ein Seil spinnen, mit dem ich dich erhänge.«

Da durchschnitt Leothric abermals einen Strang von Seilen und konnte nun näher zu der Spinne treten, die dasaß und an ihrem Seil wob. Nun sah die Spinne von der Arbeit auf und sagte: »Welch ein Schwert ist es, das meine Seile zu zerschneiden vermag?«

»Es ist Sacnoth«, antwortete er.

Daraufhin teilte sich das schwarze Haar, das der Spinne ins Gesicht hing, und die Spinne runzelte die Stirn. Dann fiel das Haar wieder zurück und verbarg alles, bis auf die sündigen Äugelein, die beutelüstern in der Dunkelheit funkelten. Noch ehe sie Leothric erreichen konnte, war sie an einem ihrer Seile zu einem hohen Balken hochgestelzt und blieb dort zorngeladen sitzen. Leothric bahnte sich mit Sacnoth seinen Weg durch den Raum und gelangte zu der gegenüberliegenden Tür, die jedoch verschlossen war. Mit Sacnoth schlug er sich eine Bresche, wie er es bei der Pforte des Widerhalls getan hatte. Nun kam er in einen hellerleuchteten Saal, in dem Königinnen und Fürsten an einem großen Tisch tafelten. Es brannten Tausende Kerzen, und ihr Licht spiegelte sich im Wein, den die Fürsten tranken, und in den hohen Goldkandelabern, und die Gesichter erstrahlten im Glanz. Heller Schein überflutete das weiße Tischtuch und die Silberplatten und die Juwelen im Haar der Königinnen. Und jedes Juwel hatte einen eigenen Chronisten, der sein Leben lang keine andere Chronik führte. Zwischen dem Tisch und der Tür standen zweihundert Lakaien, in zwei Reihen zu je hundert aufgestellt, die einander gegenüberstanden. Als er durch die Bresche in der Tür eindrang, sah niemand Leothric an, doch einer der Fürsten stellte einem Lakai eine Frage, und diese Frage wurde von Mund zu Mund weitergegeben von all den hundert Lakaien, bis sie an den Leothric am nächsten Stehenden gelangt war. Und dieser sagte zu Leothric, ohne ihn anzusehen:

»Was sucht Ihr hier?«

Und Leothric gab zurück: »Ich will Gaznak erschlagen.«

Und ein Lakai nach dem anderen wiederholte die Antwort, bis sie an die Tafel gelangt war: »Er will Gaznak erschlagen.«

Da kam die zweite Frage die Reihe der Lakaien entlang: »Wie lautet Euer Name?«

Und die gegenüberstehende Reihe der Lakaien leitete dann seine Antwort weiter.

Da sagte einer der Fürsten: »Schafft ihn dorthin, wo wir sein Wehgeschrei nicht hören können.«

Und ein Lakai gab es an den anderen weiter, bis die zwei letzten an der Reihe waren. Diese traten vor und wollten Hand an

Leothric legen.

Da zeigte ihnen Leothric sein Schwert mit den Worten: »Es ist Sacnoth!« Und die beiden flohen schreiend.

Und je zwei und zwei, die ganze Doppelreihe entlang, wiederholte ein Lakai nach dem anderen: »Es ist Sacnoth!« und es floh jeder, der es gesagt hatte, bis die zwei letzten die Botschaft an die Tafel weitergegeben hatten und alle geflohen waren. Da erhoben sich eiligst alle Königinnen und Fürsten und stürzten aus dem Saal, und die üppige Tafel sah nun unansehnlich, besudelt und verwüstet aus, als alle geflohen waren. Und während Leothric in dem wüst aussehenden Saal erwog, durch welche Tür er weitergehen sollte, ertönte von weither der Klang von Musik, und er erkannte, daß es die zauberkundigen Musikanten waren, die Gaznak während seines Schlafes vorspielten.

Leothric ging in die Richtung, aus der die Musik kam, und gelangte in ein Gemach, ungeheuer groß, wie das erste. Darin befanden sich viele Frauen, von einer Schönheit, die unheimlich wirkte. Und sie fragten ihn nach seinem Begehr, und als sie hörten, er wäre gekommen, Gaznak zu töten, beschworen ihn alle, bei ihnen zu bleiben. Gaznak sei nur durch das Schwert Sacnoth sterblich, und überdies bedürften sie selbst eines Ritters, der sie vor den Wölfen beschützte, die sich des Nachts um das Getäfel herumtrieben und manchmal durch das morsche Eichenholz hereindrängten. Vielleicht wäre Leothric versucht gewesen, bei ihnen zu bleiben — wenn es Frauen des Menschengeschlechtes gewesen wären. Denn sie waren von seltsamer Schönheit. Er merkte aber, daß sie statt Augen Flämmchen hatten, die in den Augenhöhlen leuchteten. Da wußte er, daß sie Kreaturen der Fieberträume Gaznaks waren, und er sagte daher:

»Ich habe noch einiges vor — mit Gaznak und Sacnoth«, und durchschritt das Gemach.

Als sie den Namen Sacnoth vernahmen, schrien die Frauen auf, und die Flammen ihrer Augen flackerten und sanken zu kleinen Pünktchen zusammen.

Leothric verließ sie und durchschnitt mit Hilfe von Sacnoth die Tür am entferntesten Ende des Gemachs.

Draußen fühlte er die Nachtluft auf seinem Gesicht und entdeckte, daß er auf einem schmalen Steg zwischen zwei Abgründen stand. Hier endeten die Mauern der Festung, und sie fielen, soweit sein Auge reichte, in tiefe Schluchten hinab. Über ihm immer noch das Dach. Und die zwei Abgründe vor ihm waren an ihrem Grund mit Sternen besät — denn sie durchschnitten den ganzen Erdball und gaben den Blick frei auf den Himmel über der anderen Seite des Erdballs. Und dazwischen verlief sein Weg, leicht aufwärts führend, an den Seiten steil abfallend. Jenseits der Abgründe, wo der Weg hinauf in die weiter entfernten Gemächer der Festung führte, hörte Leothric die Musikanten, die ihre zauberische Weise spielten. Also ging er den Weg weiter, der kaum einen Fuß breit war, den blanken Sacnoth in der Hand. Und in den Abgründen unter ihm schwirrten die Schwingen der Vampire, und alle priesen im Flug Satan. Plötzlich erblickte er den Drachen Thok, der ihm im Wege lag und sich schlafend stellte. Sein Schweif hing hinab in einen der Abgründe.

Leothric ging auf ihn zu, und als er ihm ganz nahe war, stürzte sich Thok auf Leothric.

Und er versetzte ihm mit Sacnoth einen kräftigen Schlag. Thok taumelte in den Abgrund, brüllend und im Fallen um sich schlagend. Er fiel und fiel, bis sein Gebrüll nicht lauter war als ein Pfeifen, das schließlich nicht mehr zu hören war. Ein oder zweimal sah Leothric für einen Augenblick einen Stern verschwinden und dann wieder auftauchen und diese zeitweilige Verfinsterung einiger weniger Sterne war alles, was von Thoks Leib in der Welt blieb. Und Lunk, der Bruder Thoks, der nicht weit hinter ihm gelegen hatte, sah, daß es Sacnoth sein mußte, und er flüchtete schwerfällig. Während Leothric zwischen den Abgründen dahinwandelte, erstreckte sich über seinem Haupt noch immer das gewaltige Dachgewölbe der Festung. Als das Ende des Pfades in Sicht kam, erblickte Leothric ein Gemach, das sich mit unzähligen Bögen zu den Zwillingsabgründen hin öffnete. Die Pfeiler der Bögen verloren sich in der Ferne und verschwanden in der Finsternis.

Weit unten, im dunklen Abgrund, auf dem die Pfeiler ruhten, sah er kleine, eng vergitterte Fenster, und zwischen den Gittern waren Dinge zu sehen, von denen ich nicht sprechen werde.

Hier gab es kein Licht, bis auf die großen Gestirne des Südens, die aus den Abgründen emporleuchteten. Hin und wieder drang flackerndes Licht durch die Bögen. Kein Schritt war zu hören.

Und da verließ Leothric den Pfad und betrat das große Gemach. Er kam sich wie ein winziger Zwerg vor, als er unter einen der riesigen Bögen trat.

Das letzte trübe Abendlicht fiel durch ein Fenster herein, das in düsteren Farben bemalt war und die Taten Satans auf Erden pries. Das Fenster befand sich hoch oben in der Mauer, darunter flackerndes Licht von Kerzen.

Anderes Licht gab es nicht. Nur noch das schwache blaue Glühen von Tharagavverugs Stahlauge, das rastlos vom Schwertgriff Sacnoths aus Umschau hielt. Schwer und beklemmend hing der Gestank eines großen, todbringenden wilden Tieres im Raum.

Die Klinge Sacnoths vor sich haltend, bewegte sich Leothric langsam vorwärts und tastete nach einem Feind, während das Auge am Schwertgriff nach hinten Ausschau hielt.

Nichts rührte sich. Falls hinter den Dachpfeilern etwas lauerte, so atmete und rührte es sich nicht.

Die Musik der zauberischen Musikanten erklang jetzt aus nächster Nähe.

Plötzlich öffneten sich die großen Tore am fernen Ende des Gemaches. Einige Augenblicke lang nahm Leothric keinerlei Bewegung wahr und wartete ab, Sacnoth fest im Griff haltend. Und dann kam Wong Bongerog keuchend auf ihn zu.

Das war der letzte und getreueste Wächter Gaznaks, und er hatte die Hand seines Herrn geleckt.

Gaznak pflegte ihn mehr wie ein Kind denn wie einen Drachen zu behandeln und reichte ihm oft mit eigenen Fingern zarte Stücke Menschenfleisches, noch dampfend, von der Tafel.

Langgestreckt und niederen Wuchses war Wong Bongerok und heimtückisch sein Blick. Hinter ihm ächzten die gepanzerten Schuppen seines Schweifes, als würden Seeleute ein Ankerseil rasselnd über die ganze Länge des Decks ziehen.

Nur zu gut wußte Wong Bongerok, daß er jetzt Sacnoth gegenüberstand, denn es hatte zu seinen Gewohnheiten gezählt, viele Jahre lang sein eigenes Schicksal vorauszusagen, während er zu Füßen Gaznaks ruhte.

Leothric geriet, vortretend, in die Glut seines Odems und hob Sacnoth, um einen Streich zu führen.

Doch als Sacnoth noch in der Höhe schwebte, richtete sich das Auge Tharagavverugs, am Schwertknauf angebracht, auf den Drachen und erkannte dessen bösartiges Vorhaben.

Denn während sich Leothric bereitmachte, einen Hieb gegen das Drachenhaupt zu führen — der Drache hatte seinen Rachen weit geöffnet und die Reihen seiner Säbelzähne und den Ledergaumen enthüllt — ließ der Drache plötzlich, nach Art eines Skorpions, die ganze Länge seines gepanzerten Schweifes über seinen Kopf vorschnellen. All dies hatte das Auge am Griff des Schwertes erspäht, das nun einen seitlichen Hieb vollführte. Und Sacnoth schlug auch nicht mit der Schärfe der Klinge zu, denn hätte er es getan, wäre das abgeschnittene Schweifende dennoch durch Leothrics Körper gedrungen, wie eine von einer Lawine geknickte Föhre sich durch die Brust eines Bergbewohners bohrt. So wäre auch Leothric durchbohrt worden; da jedoch Sacnoth von der Seite und mit der flachen Klinge zuschlug, flog der Schweif zischend über Leothrics linke Schulter, schürfte über Leothrics Rüstung und hinterließ darauf eine tiefe Schramme. Der Torso von Wong Bongeroks Schweif schlug peitschend von der Seite zu. Sacnoth fuhr ihm entgegen, und der Schweif glitt auf der schräg gehaltenen Klinge hinauf und über Leothrics Haupt hinweg. Sodann kämpften Leothric und Wong Bongerok miteinander, Schwert gegen Zähne, und das Schwert focht wie es nur Sacnoth vermag, und das dem Bösen treu ergebene Leben von Wong Bongerok, dem Drachen, entströmte aus einer tiefen Wunde.

Als Leothric an dem toten Untier vorbeiging, zuckte der gepanzerte Leib noch, und eine Weile schien es, als pflügten alle Pflugscharen gemeinsam, gezogen von müden und abgekämpften Rossen, einen Acker. Und dann hörte das Zucken auf, und Wong Bongerok lag still, um zu verrosten.

Leothric schritt auf die offenen Türen zu.

Durch die offenen Flügel, durch die Wong Bongerok hervorgestürzt war, betrat Leothric einen Gang, in dem Musik widerhallte. Zum ersten Male hatte er Ausblick über sich, denn bisher hatte sich das Dach bis in Bergeshöhe erhoben, sich in der Finsternis verlierend. Entlang des Ganges hingen riesige Glocken, bis in Kopfeshöhe herabreichend, und die Breite einer jeden der ehernen Glocken reichte von Wand zu Wand, und es hing eine hinter der anderen. Als Leothric unter ihnen durchging, schlug jede an, und ihre Stimme war traurig und tief, wie die Stimme einer Glocke, die das letzte Mal zu einem Menschen spricht. Jede Glocke, unter der Leothric jeweils durchschritt, schlug einmal an, und die Stimmen der Glocken waren weihevoll und weithallend, in gemessenen Abständen aufeinanderfolgend. Ging er langsam, rückten die Glocken näher zusammen, ging er rascher, entfernten sie sich voneinander. Und das Echo jeder über seinem Kopfe schwingenden Glocke eilte ihm voraus und flüsterte es der nächsten zu. Und blieb er stehen, läuteten alle ärgerlich durcheinander, bis er wieder weiterging.

Zwischen diese schwermütige, schicksalträchtige Melodie mengten sich die Töne der zauberischen Musikanten, die einen überaus traurigen Grabgesang spielten.

Schließlich aber kam Leothric ans Ende des Ganges der Glokken und erblickte dort eine kleine schwarze Tür. Und der ganze Gang hinter ihm war erfüllt vom Echo des Geläutes, und die Glocken sprachen zueinander über den feierlichen Anlaß. Dazwischen hinein mengte sich der Grabgesang der Musikanten wie ein Leichenzug fremder, vornehmer Gäste und alle, alle prophezeiten Leothric Unheil.

Plötzlich öffnete sich die schwarze Tür unter Leothrics Hand, und er befand sich unter freiem Himmel, in einem großen, marmorgepflasterten Hof. Hoch über ihm schien der Mond, den die Hand Gaznaks dorthin befohlen hatte.

Hier schlief Gaznak, und um ihn saßen seine zauberischen Musikanten und spielten auf ihren Geigen. Sogar im Schlaf war Gaznak mit einer Rüstung bekleidet. Nur die Handgelenke, das Antlitz und der Nacken waren bloß.

Doch das Wunder dieses Ortes bildeten Gaznaks Träume, denn jenseits des großen Platzes gähnte eine dunkle Schlucht und in die Schlucht ergoß sich eine weiße Kaskade marmorner Stufen, die sich unten zu Terrassen und Balkonen erweiterten. Dann kam abermals eine breite Treppe, zu weiteren, tiefer gelegenen Terrassen führend, wo sich schemenhafte Gestalten hin und her bewegten. All das waren die Träume Gaznaks, die seinem Gehirn entsprangen und zu Marmor erstarrt über den Rand des Abgrundes gingen, während die Musikanten spielten. Und die ganze Zeit über, unter den einlullenden Weisen seltsamer Musik, formten sich Türme und Zinnen aus dem Geiste Gaznaks, schön und zierlich, und stiegen himmelwärts. Und die Marmorträume bewegten sich langsam im Rhythmus der Musik. Als die Glocken erklangen, während die Musikanten ihren Grabgesang spielten, traten häßliche Fratzen aus den Türmen und Zinnen hervor und große Schatten bewegten sich hastig über Stufen und Terrassen hinunter, und aus dem Abgrund erhob sich Geflüster.

Als Leothric durch die schwarze Tür trat, schlug Gaznak die Augen auf. Er sah weder rechts noch links, sondern stand sogleich auf und sah Leothric an.

Nun hoben die Musikanten an, eine todbringende Zaubermelodie auf ihren Fiedeln zu spielen. Von der Klinge Sacnoths ertönte ein Summen, als das Schwert den Zauber abwehrte. Als Leothric nicht umfiel und alle das Summen von Sacnoths Klinge vernahmen, erhoben sich die Zauberer und flohen und ließen von ihren Saiten schrilles Gewimmer erklingen.

Mit einem Schrei zog Gaznak das Schwert aus der Scheide, das zweitmächtigste Schwert der Welt nach Sacnoth, und er kam langsam auf Leothric zu, mit einem Lächeln, als hätten ihm seine eigenen Träume bereits sein Verhängnis geweissagt. Einander gegenüberstehend sahen sie sich an, und keiner sagte ein Wort. Gleichzeitig hieben sie aufeinander ein, und ihre Schwerter kreuzten sich, und jedes Schwert kannte das andere und wußte um seine Herkunft. Jedesmal, wenn das Schwert Gaznaks auf die Klinge Sacnoths traf, prallte es funkensprühend ab wie Hagel von Schieferdächern; wenn es aber Leothrics Rüstung traf, riß es sie in Streifen. Und auf Gaznaks Rüstung fiel oft und hart Sacnoth, doch jedesmal kam es knurrend zurück, weil es keine Kerbe hinterlassen hatte. Während Gaznak kämpfte, hielt er seine Linke über seinem Kopf erhoben. Plötzlich brachte Leothric einen prächtigen, wilden Hieb gegen den Hals seines Feindes an, doch Gaznak, der sein eigenes Haupt an den Haaren erfaßt hatte, hob seinen Kopf hoch, und Sacnoth hieb ins Leere. Dann setzte Gaznak sein Haupt wieder auf den Hals und kämpfte behende mit seinem Schwert weiter. Immer wieder fegte Leothric mit Sacnoth gegen den bartbedeckten Hals Gaznaks und jedesmal war die Linke Gaznaks schneller als der Hieb, der Kopf ging hoch, und das Schwert fegte darunter hinweg.

Das heiße Gefecht ging weiter, bis Leothrics Rüstung zerfetzt auf dem Boden lag, der Marmor blutbespritzt war und das Schwert Gaznaks von den Begegnungen mit Sacnoth wie eine Säge gekerbt war. Und dennoch stand Gaznak unversehrt da und lächelte.

Endlich lenkte Leothric seinen Blick auf Gaznaks Kehle und tat, als ziele er mit Sacnoth auf diese. Abermals hob Gaznak sein Haupt an den Haaren hoch; doch nicht an seine Kehle flog Sacnoth diesmal, vielmehr führte Leothric den Hieb gegen Gaznaks erhobene Hand und Sacnoth schnitt schwirrend durch das Gelenk, wie eine Sichel den Stiel einer Blume durchschneidet.

Blutend fiel die Hand zu Boden. Und plötzlich sprang Blut aus dem Halsstumpf Gaznaks und lief aus dem herabgefallenen Haupt, und die hohen Spitztürmchen fuhren in die Erde und die schönen, breiten Terrassen barsten und der Hof war verschwunden wie der Tau. Ein Wind erhob sich, und die Bogenpfeiler trieben davon und die Riesenhallen des Gaznak stürzten ein. Und die Abgründe schlossen sich so unvermittelt wie der Mund eines Menschen, wenn er eine Geschichte erzählt hat und niemals wieder anheben wird zu sprechen.

Sodann sah sich Leothric um, und er sah Sümpfe, aus denen sich die Nachtnebel verzogen. Da war keine Festung, kein Laut eines Drachen oder eines Sterblichen. Neben ihm lag ein alter Mann, verhutzelt, böse und tot, dessen Haupt und Hand vom Körper getrennt waren.

Und allmählich zog über dem Land die Morgenröte auf und nahm im Kommen an Schönheit zu, wie das Brausen einer Orgel unter der Hand eines Meisters anschwillt und schöner wird, je höher sich die Seele des Meisters emporhebt, bis die Orgel mit mächtiger Stimme in Lobpreisung ausklingt.

Und dann sangen alle Vögel, und Leothric ging heimwärts und ließ die Sümpfe hinter sich und kam an den dunklen Wald. Das Licht des heraufdämmernden Tages leuchtete ihm auf seinem Weg. Bevor der Tag im Zenith stand, gelangte er nach Allathurion und trug mit sich das verhutzelte Haupt. Und die Menschen frohlockten, und ihre angsterfüllten Nächte hatten ein Ende.

Das ist die Geschichte vom Sieg über die Festung Unbezwingbar durch das Schwert Sacnoth und von ihrem Untergang, wie sie berichtet und geglaubt wird von denen, die die mystischen Tage aus alten Zeiten lieben.

Andere haben gesagt — und es vergeblich zu beweisen versucht —, daß ein Fieber Allathurion heimgesucht hatte, das wieder verschwand. Und daß es eben dieses Fieber war, das Leothric nachts in die Sümpfe trieb und ihn dort träumen und mit einem Schwert fürchterlich um sich schlagen ließ.

Und wieder andere sagen, daß es einen Ort Allathurion gar nicht gegeben und Leothric nie gelebt hätte.

Friede sei mit ihnen. Der Gärtner hat das Herbstlaub gesammelt. Wer wird es je wiedersehen oder von ihm wissen? Und wer wird sagen können, was sich in längst vergangenen Tagen zugetragen?

Originaltitel: THE FORTRESS UNVANQUISHABLE SAVE FOR SACNOTH.

Robert E. Howard und L. Sprague de Camp

DIE TROMMELN VON TOMBALKU

Einer der begabtesten Autoren der *heroic fantasy* war Robert Ervin Howard (1903—36), der sein kurzes Leben fast ohne Unterbrechung in Cross Plains, Texas, verbracht hat. Im letzten Jahrzehnt seines Lebens schrieb Howard zahllose Sport-, Detektiv-, Western-, Orient- und phantastische Geschichten. John D. Clark hat vor einigen Jahren in seinem Vorwort zu *Conan der Eroberer* geschrieben: »Howard war vor allem ein Geschichtenerzähler. Die Geschichte kam zuerst, zuletzt und überall. Immer ist etwas im Gang, und der Handlungsfluß gerät von Anfang bis zum Ende nie ins Stocken, da ein Ereignis glatt und zwanglos zum nächsten führt und dem Leser keine Zeit zum Atemholen läßt. Die Suche nach verborgener philosophischer Bedeutung oder intellektuellen Rätseln in den Abenteuergeschichten ist sinnlos — es gibt sie nicht. Die Erzählungen sind Schwert- und Degengeschichten reinsten Wassers und enthalten genügend Sex, um in prüden Bücherschränken keine Aufnahme zu finden.«

Unter den kühnen Helden der Howardschen Phantasie ist der gefeiertste Conan der Cimmerer, ein barbarischer Abenteurer gigantischen Formats, der im Hyborianischen Zeitalter Howards zwischen dem Untergang von Atlantis und den Anfängen überlieferter Geschichte lebte. Conan durchwatet Ströme von Blut und besiegt Scharen von Feinden, natürliche und übernatürliche, um schließlich den Thron von Aquilonia zu erringen, dem mächtigsten der Hyborianischen Königreiche.

Die meisten Erzählungen mit Conan als Held erschienen zuerst in den WEIRD TALES in den Jahren 1932—36. Andere, nicht veröffentlichte, tauchten in den fünfziger Jahren als Manuskripte auf. L. Sprague de Camp hat bei ihrer Auffindung eine Rolle gespielt und sie für die Veröffentlichung bearbeitet. Viele wurden in Zeitschriften, Sammlungen und Anthologien abgedruckt.

In »Trommeln von Tombalku« wird Conans zweiter Aufenthalt im Schwarzen Land, weit im Süden der Hyborianischen Königreiche, behandelt. Sein erster Aufenthalt fällt in seine Jugendjahre, als er als Anführer schwarzer Korsaren und als Partner der Piratin Belit vor den Küsten von Kush kreuzte, wie es in der Erzählung »Königin der Küste« beschrieben wird.

Fünfzehn Jahre später, nach zahlreichen Abenteuern im Osten, kehrt er in südliche Breiten zurück und erlebt dort eine weitere Folge wilder Abenteuer als Söldner, Glücksritter und Pirat. Die Abenteuer dieser Zeit bilden den Hintergrund von *The Slithering Shadow, The Pool of the Black One, Red Nails,* und *Jewels of Gwahlur.* »Trommeln von Tombalku« gehört eindeutig in diese Periode. Bis zu Conans Aufstieg zum General und zum König von Aquilonia sollten noch einige Jahre vergehen.

In der Welt Hyborias liegen die Negerstaaten Kush und Tombalku in der Mitte der heutigen Wüste Sahara. Damals hatte die Landkarte ganz anders ausgesehen. Mittelmeer und Nordsee waren festes Land, während der westliche Teil Afrikas zum Großteil unter den Wassern des westlichen Ozeans lag.

Lassen wir uns also zurückversetzen in Howards »purpurnes, goldenes und karmesinrotes Universum, in dem alles geschehen kann — nur nichts Langweiliges«.

1

Drei Männer hockten neben dem Wasserloch in der Wüste, die vom Sonnenuntergang dunkelbraun und rot getönt wurde. Einer der Männer war weißhäutig, und sein Name war Amalric. Die zwei anderen waren Ghanater, deren Lumpen notdürftig die drahtigen schwarzen Gestalten bedeckten. Die Menschen nannten sie Gobir und Saidu, aber wie sie so neben dem Wasserloch kauerten, sahen sie aus wie Geier.

Nicht weit entfernt stand ein Kamel und kaute geräuschvoll. Zwei ermattete Pferde tasteten mit den Mäulern vergeblich den nackten Sand ab. Die Männer lutschten lustlos an getrockneten Datteln. Die Schwarzen waren völlig dem Mahlen der Kiefer hingegeben, während der Weiße hin und wieder zum trüb-roten Himmel aufsah oder über die eintönige Ebene blickte, wo Schatten sich sammelten und vertieften. Er war es, der als erster den Reiter sah, der sich ihnen näherte und die Zügel so plötzlich anzog, daß sein Roß sich wild aufbäumte.

Der Reiter war ein Riese. Seine Haut, die schwärzer war als die der beiden anderen, die wulstigen Lippen und die flache Nase zeigten an, daß das Negerblut in ihm bei weitem überwog. Die weiten, an den Knöcheln zusammengebundenen Seidenhosen wurden von einem breiten Gürtel gehalten, der mehrere Male um seinen gewaltigen Bauch geschlungen war. Dieser Gürtel hielt auch einen Krummsäbel mit schimmernder Klinge. Nur wenige Männer hätten diese Waffe mit einer Hand heben können. Der Mann und sein Krummschwert waren berühmt unter den dunkelhäutigen Söhnen der Wüste. Es war Tilutan, der Stolz von Ghanata.

Quer über seinem Sattel lag, oder besser gesagt, hing eine schlaffe Gestalt. Die Ghanater stießen zischend den Atem aus, als sie die hell schimmernden Glieder sahen. Es war ein weißes

Mädchen, das mit dem Gesicht nach unten über Tilutans Sattelbogen hing. Ihr offenes Haar ergoß sich wie eine schwarze Welle über den Steigbügel.

Der schwarze Riese lächelte und ließ blitzende Zähne sehen, als er seine Gefangene achtlos in den Sand warf, wo sie schlaff und bewußtlos liegenblieb. Instinktiv drehten Gobir und Saidu sich nach Amalric um, während Tilutan ihn vom Sattel aus beobachtete: drei Schwarze gegen einen Weißen. Das Auftauchen einer weißen Frau auf der Szene hatte eine subtile Änderung der Atmosphäre bewirkt.

Amalric war der einzige, der die Spannung gar nicht zu merken schien. Geistesabwesend glättete er seine gelben Locken und sah gleichgültig nach der schlaffen Gestalt des Mädchens. Als es in seinen grauen Augen kurz aufblitzte, entging es den anderen.

Tilutan saß schwungvoll ab und warf Amalric verächtlich die Zügel zu.

»Kümmere dich um mein Pferd«, sagte er. »Bei Ihil, eine Wüstenantilope habe ich zwar nicht aufgestöbert, dafür habe ich dieses kleine Stutenfohlen gefangen. Sie taumelte durch den Sand und stürzte, als ich herankam. Ich glaube, sie hat vor Erschöpfung und Durst das Bewußtsein verloren. Weg, ihr Schakale, ich will ihr zu trinken geben.«

Der große Schwarze legte das Mädchen neben das Wasserloch und begann Gesicht und Gelenke zu kühlen und ließ ein paar Tropfen zwischen ihre ausgetrockneten Lippen fallen. Sogleich stöhnte sie auf und bewegte sich. Gobir und Saidu hockten da, die Hände auf die Knie gelegt, und starrten das Mädchen über Tilutans breite Schulter hinweg an. Amalric stand ein wenig abseits. Sein Interesse schien nur gering.

»Sie kommt zu sich«, verkündete Gobir.

Saidu sagte gar nichts, sondern leckte nur die dicken Lippen.

Amalrics Blick glitt unpersönlich über die ausgestreckte Gestalt, von den zerrissenen Sandalen bis zu der Fülle schimmernden schwarzen Haares. Das einzige Kleidungsstück des Mädchens war eine kurze seidene Tunika, um die Mitte zusammengefaßt. Sie ließ Arme, Nacken und die Brüste bloß. Auf ihrem weißen Fleisch ruhten die Blicke der Ghanater mit gieriger Intensität und registrierten die kindhaften und doch schon von knospender Weiblichkeit gerundeten weißen Formen.

Amalric zuckte die Achseln. »Und wer kommt nach Tilutan an die Reihe?« fragte er beiläufig.

Zwei hagere Köpfe wandten sich ihm zu. Blutunterlaufene Augen rollten wild. Dann drehten sich die Schwarzen um und starrten einander an. Plötzlich zwischen ihnen entstandene Rivalität knisterte.

»Keinen Kampf«, drängte Amalric. »Würfelt lieber.« Seine Hand kam unter der abgetragenen Tunika hervor. Er warf ihnen zwei Würfel vor die Füße. Eine klauenartige Hand griff danach.

»Aye!« stimmte Gobir zu. »Wir würfeln. Wer gewinnt, soll nach Tilutan an die Reihe kommen!«

Amalric warf dem riesigen Schwarzen einen Blick zu. Dieser war noch immer über seine Gefangene gebeugt und versuchte, ihren erschöpften Leib zu beleben. Als Amalric das Mädchen ansah, öffneten sich ihre langbewimperten Lider. Dunkelviolette Augen starrten verwirrt zum Gesicht des schwarzen Mannes empor. Den dicken Lippen Tilutans entrang sich, einer Explosion gleich, ein freudiger Ausruf. Er zerrte ein Fläschchen von seinem Gürtel und hielt es ihr an den Mund. Mechanisch trank sie den Wein. Amalric mied ihren umherschweifenden Blick. Er war ein Weißer gegen drei Schwarze — und jeder einzelne von ihnen war ihm ein ebenbürtiger Gegner.

Gobir und Saidu beugten sich über die Würfel; Saidu hielt sie in der gewölbten Hand, hauchte sie glückheischend an, schüttelte und warf sie. Zwei geierartige Köpfe beugten sich über die Würfel, die im trüben Licht kreiselten. Und mit derselben kreisenden Bewegung zog Amalric seine Klinge und führte einen Streich. Die Schneide schnitt durch einen mageren Nacken und durchtrennte die Luftröhre. Gobir, dessen Haupt an einem Faden hing, fiel über die Würfel und verspritzte Blut.

Gleichzeitig fuhr Saidu mit der angeborenen Behendigkeit des Wüstenbewohners hoch, zog sein Schwert und hieb auf den Kopf des Angreifers ein. Amalric blieb kaum Zeit, den Hieb mit dem erhobenen Schwert abzufangen. Der durch die Luft pfeifende Krummsäbel hieb mit der flachen Klinge von oben auf den Kopf des Weißen und brachte ihn aus dem Gleichgewicht, so daß er sein Schwert fallenließ. Kaum hatte er seine Fassung wieder erlangt, warf er beide Arme um Saidu und zog diesen so eng an sich, daß ihm sein Krummsäbel nichts mehr nützte. Unter den Lumpen fühlte sich die hagere dürre Gestalt des Wüstenmannes wie Stahl und ungegerbtes Leder an.

Tilutan, der die Lage sofort erfaßte, hatte das Mädchen fallenlassen und war mit einem Brüllen aufgestanden. Wie ein angreifender Stier stürzte er auf die Kämpfenden zu. Der große Krummsäbel flammte in seiner Hand. Amalric sah ihn kommen und bekam Gänsehaut vor Angst. Saidu drehte und wand sich, behindert von dem Krummsäbel, den er noch immer vergeblich gegen seinen Gegner anzuwenden versuchte. Beider Füße bohrten und stampften im Sand, ihre Leiber rieben aneinander. Amalric ließ seine sandalenumhüllte Ferse auf den nackten Rist des Ghanaters mit voller Wucht niedersausen und spürte, wie dessen Knochen nachgaben. Saidu heulte auf und sackte unter wilden Zuckungen zusammen. Die Engumschlungenen torkelten wie Betrunkene, als Tilutan zustieß, so daß die Muskeln seiner breiten Schultern hervortraten. Amalric spürte, wie der Stahl seinen Unterarm ritzte und sich tief in Saidus Leib bohrte. Der kleinere Ghanater stieß einen Schmerzschrei aus und riß sich aus Amalrics Umklammerung.

Tilutan rief einen wilden Fluch und stieß den Toten weg, nachdem er seine Klinge aus dem Leichnam gezogen hatte. Bevor er abermals ausholen konnte, hatte ihn Amalric, dem die große gebogene Klinge Todesangst einjagte, schon gepackt.

Verzweiflung überkam Amalric, als er die Kraft des Negers spürte. Tilutan war klüger als Saidu. Er ließ den Krummsäbel fallen und faßte aufbrüllend mit beiden Händen nach Amalrics Kehle. Die großen schwarzen Finger schlossen sich wie Eisenklammern zusammen. Amalric, der sich vergeblich abmühte, diesen Würgegriff zu lösen, wurde durch das Gewicht des Ghanaters zu Boden gedrückt. Wie eine Ratte in den Fängen eines Hundes wurde er geschüttelt. Sein Kopf wurde mit aller Gewalt in den Sand gedrückt. Wie durch einen roten Nebel sah er das wütende Gesicht des Negers, dessen wulstige Lippen in einem schrecklichen, haßerfüllten Grinsen geöffnet waren und die schimmernden Zähne entblößten.

»Du willst sie haben, du weißer Hund!« höhnte der Ghanater, wahnsinnig vor Wut und Lust. »Ich werde dir den Hals brechen. Die Kehle herausreißen! Ich — mein Krummsäbel. Ich schneide dir den Kopf ab, und sie soll ihn küssen!«

Mit einem letzten wilden grausamen Stoß wollte er Amalrics

Kopf in den hartgepackten Sand drücken, hob ihn in einem Anfall von Mordlust hoch und warf ihn wieder zu Boden. Dann lief er und bückte sich nach seinem Krummsäbel, der wie ein breiter stählerner Halbmond im Sand lag. Vor wilder Verzückung schreiend, wandte er sich um und stürmte zurück, wobei er die Klinge hoch über sich schwang. Amalric — benommen, durchgeschüttelt und elend von der grausamen Behandlung, die er erfahren hatte —, stand auf, um ihm zu begegnen.

Tilutans Gürtel hatte sich während des Kampfes gelöst. Ein Ende baumelte um seine Füße. Der Schwarze trat darauf, stolperte und fiel der Länge nach hin, wobei er seine Arme schützend ausstreckte. Der Krummsäbel fiel ihm aus der Hand.

Elektrisiert packte Amalric den Säbel mit beiden Händen und machte einen schwankenden Vorwärtsschritt. Dunkel verschwamm die Wüste vor seinem Blick. In der Dämmerung vor sich sah er Tilutans Züge schlaff werden. Dieser ahnte seinen Untergang. Der große Mund stand offen, das Weiße der Augen wurde sichtbar. Der Schwarze erstarrte, auf Knie und eine Hand gestützt, als wäre ihm eine weitere Bewegung unmöglich. Und dann fiel der Krummsäbel nieder und spaltete den runden Kopf bis zum Kinn. Amalric hatte den undeutlichen Eindruck von einem dunklen Gesicht, das durch eine breiter werdende rote Linie geteilt wurde und in den sich vertiefenden Schatten verschwamm. Und dann übermannte ihn mit einem Schlag die Dunkelheit.

Etwas Kühles und Weiches berührte Amalrics Gesicht mit sanfter Hartnäckigkeit. Er faßte blindlings danach, und seine Hand schloß sich um etwas Warmes, Festes und Elastisches. Als sein Blick sich geklärt hatte, sah er in ein weiches ovales Gesicht, das von schimmerndem schwarzem Haar umrahmt war. Wie in Trance starrte er sie wortlos an und verweilte begierig bei jeder Einzelheit: den vollen roten Lippen, den dunklen veilchenblauen Augen und der Alabasterkehle. Verblüfft merkte er, daß die Erscheinung mit leiser wohltönender Stimme sprach. Die Worte klangen fremd, und besaßen doch eine trügerische Vertrautheit. Eine kleine weiße Hand, die ein tropfnasses Seidentuch hielt, strich sanft über seinen pochenden Kopf und sein Gesicht. Benommen setzte er sich auf.

Es war Nacht unter sternenübersätem Himmel. Noch immer war das Kamel am Wiederkäuen. Ein Pferd wieherte unruhig.

Eine große, unförmige Gestalt mit gespaltenem Schädel lag in einem gräßlichen Gemisch von Blut und Hirnmasse da.

Amalric sah zu dem Mädchen auf, das neben ihm kniete und in ihrer sanften unbekannten Sprache zu ihm redete. Nachdem die Nebel aus seinem Kopf gewichen waren, konnte er sie verstehen. Als er in die halbvergessenen Sprachen, die er einst gelernt und gesprochen hatte, hinabtauchte, fiel ihm eine Sprache ein, die von den Gebildeten in der südlichen Provinz von Koth gesprochen wurde.

»Wer — bist — du —, Mädchen?« fragte er in langsamer und holpriger Sprache und ergriff ihre kleine Hand mit seinen nervigen Fingern.

»Ich bin Lissa.« Der Name wurde mit der Andeutung eines Lispelns ausgesprochen. Es hörte sich an wie das Raunen eines Bächleins. »Es freut mich, daß du bei Bewußtsein bist. Ich hatte Angst, du wärest tot.«

»Viel hätte nicht mehr gefehlt«, murmelte er und warf einen Blick auf das Schreckliche, das da ausgestreckt lag und Tilutan gewesen war. Schaudernd vermied es das Mädchen, seinem Blick zu folgen. Lissas Hand zitterte und ihre Nähe bewirkte, daß Amalric den raschen Schlag ihres Herzens zu spüren glaubte.

»Es war schrecklich«, sagte sie widerstrebend. »Wie ein gräßlicher Traum. Wut — und Hiebe — und Blut.«

»Es hätte schlimmer kommen können«, brummte er.

Sie schien für jede Änderung von Klangfarbe oder Stimmung empfänglich zu sein. Ihre freie Hand stahl sich schüchtern in seine.

»Ich wollte dich nicht kränken. Es war sehr kühn, dein Leben für eine Unbekannte aufs Spiel zu setzen. Du bist edel wie die Ritter aus dem Norden, von denen ich gelesen habe.«

Er warf ihr einen raschen Blick zu. Ihre großen klaren Augen begegneten den seinen. Er las darin nur den Gedanken, den sie ausgesprochen hatte. Er wollte etwas sagen, änderte dann seine Absicht und sagte etwas anderes.

»Was treibst du in der Wüste?«

»Ich komme aus Gazal«, antwortete sie. »Ich — ich bin weggelaufen. Ich konnte es nicht länger aushalten. Doch es war heiß und öde und sehr ermüdend. Und ich sah nur Sand, Sand — und den flammenden blauen Himmel. Der Sand brannte unter meinen Füßen, und meine Sandalen waren bald durchgelaufen. Ich hatte solchen Durst. Meine Flasche war längst leer. Und dann wollte ich zurück nach Gazal, aber die Richtungen glichen einander. Ich wußte nicht, welche Richtung ich einschlagen sollte. Ich hatte schreckliche Angst und fing an, in jene Richtung zu laufen, in der ich Gazal vermutete. Danach kann ich mich an nicht mehr viel erinnern. Ich lief, bis ich nicht mehr weiter konnte.

Ich muß wohl eine Weile im brennendheißen Sand gelegen haben. Ich erinnere mich, daß ich aufgestanden und weitergetaumelt bin. Und gegen Ende glaubte ich, Rufe zu hören und sah einen schwarzen Mann hoch zu Roß auf mich zukommen. Dann weiß ich nichts mehr, bis ich zu mir kam und mit dem Kopf im Schoß des Schwarzen lag, der mir Wein einflößte. Und dann waren Rufe und Kämpfe —« Sie schauderte. »Als alles vorüber war, kroch ich zu dir hin. Du hast wie ein Toter dagelegen. Ich habe versucht, dich wieder zu Bewußtsein zu bringen.«

»Warum?« fragte er.

Sie schien um eine Antwort verlegen. »Warum? Du warst verletzt — und — und weil es jeder tun würde. Außerdem war mir klar geworden, daß du gekämpft hast, um mich vor diesem Schwarzen zu schützen. Die Leute in Gazal haben immer gesagt, daß die Schwarzen schlecht sind und den Schwachen Böses antun.«

»Diese Eigenschaft trifft nicht ausschließlich auf die Schwarzen zu«, äußerte Amalric. »Wo liegt dieses Gazal?«

»Weit kann es nicht sein«, antwortete sie. »Ich bin einen ganzen Tag gelaufen — ich weiß nicht, wie weit mich der Schwarze getragen hat, nachdem er mich gefunden hatte. Er muß mich bei Sonnenuntergang gefunden haben, also kann er keine weite Strecke zurückgelegt haben.«

»In welche Richtung?« fragte er.

»Ich weiß nicht. Als ich die Stadt verließ, bin ich in östlicher Richtung gegangen.«

»Stadt? Eine Tagereise von hier? Und ich habe geglaubt, da gäbe es tausend Meilen weit nur Wüste.«

»Gazal liegt in der Wüste«, antwortete sie. »Es liegt inmitten der Palmen einer Oase.«

Er schob das Mädchen weg und stand auf. Leise fluchend tastete er seine Kehle ab, deren Haut aufgeschürft und wund war.

Nacheinander untersuchte er die drei Schwarzen und konnte an keinem mehr Anzeichen von Leben entdecken. Und dann zerrte er sie, einen nach dem anderen, ein Stück hinaus in die Wüste. Irgendwo kläfften Schakale. Als er zum Wasserloch zurückkehrte, wo geduldig das Mädchen kauerte, fluchte er, weil nur mehr der Rappenhengst Tilutans neben dem Kamel stand. Die anderen Pferde hatten ihre Halteseile zerrissen und während des Kampfes Reißaus genommen.

Amalric kehrte zu dem Mädchen zurück und bot ihr eine Handvoll getrockneter Datteln an. Begierig knabberte sie daran, während er dasaß und sie beobachtete, wobei steigende Ungeduld durch seine Adern pochte.

»Warum bist du davongelaufen?« fragte er unvermittelt. »Bist du eine Sklavin?«

»In Gazal haben wir keine Sklaven«, lautete ihre Antwort. »Ach, ich hatte es so satt — die ewige Monotonie. Ich wollte etwas von der Welt draußen sehen. Sag mir, aus welchem Land kommst du?«

»Ich wurde im westlichen Bergland von Aquilonia geboren.«

Sie schlug wie ein entzücktes Kind die Hände zusammen. »Ich weiß, wo das ist! Ich habe es auf den Karten gesehen. Es ist das westlichste Land der Hyborianer, und König ist Epeus der Schwertschwinger!«

Das war ein großer Schock für Amalric. Er sah überrascht auf und starrte seine Begleiterin an.

»Epeus? Aber Epeus ist seit neunhundert Jahren tot. Unser König heißt Vilerus.«

»Ach ja, natürlich«, sagte sie verlegen. »Wie dumm von mir! Natürlich war Epeus vor neunhundert Jahren König, wie du sagst. Aber erzähle mir — erzähle mir alles von der Welt!«

»Na, das ist aber ein großes Ansinnen!« antwortete er verblüfft. »Du bist wohl noch nicht weit herumgekommen?«

»Dies ist das erste Mal, daß ich mich außer Sichtweite der Mauern von Gazal entfernt habe«, erklärte sie.

Sein Blick blieb auf ihren weißen Brüsten haften. Im Moment war er an ihren Abenteuern nicht interessiert.

Er wollte etwas sagen, doch dann änderte er seine Absicht und nahm sie grob in die Arme, wobei er seine Muskeln für den Kampf, den er erwartete, spannte. Doch sie leistete keinen Widerstand. Ihr weicher nachgiebiger Körper lag quer über seinen

Knien, und sie sah einigermaßen erstaunt, aber ohne Furcht oder Verlegenheit, zu ihm auf. Ebensogut hätte sie ein Kind sein können, das sich einem neuen Spiel hingibt. Etwas an ihrem direkten Blick verwirrte ihn. Hätte sie geschrien, geweint, sich gewehrt oder wissend gelächelt, so hätte er gewußt, wie er mit ihr umspringen mußte.

»In Mitras Namen, wer bist du, Mädchen?« fragte er barsch. »Weder hast du einen Sonnenstich noch treibst du dein Spiel mit mir. Deine Worte zeigen mir, daß du kein einfaches Landmädchen bist, unschuldig und einfältig. Doch scheinst du von der Welt und ihrem Gang nicht viel zu wissen.«

»Ich bin eine Tochter Gazals«, antwortete sie hilflos. »Wenn du Gazal sähest, würdest du vielleicht begreifen.«

Amalric hob sie auf und setzte sie in den Sand. Er stand auf, holte eine Satteldecke und breitete sie für Lissa aus.

»Schlaf, Lissa«, sagte er. Seine Stimme war rauh von den in ihm kämpfenden Gefühlen. »Morgen will ich Gazal sehen.«

Bei Anbruch der Dämmerung brachen sie in westlicher Richtung auf. Amalric hatte Lissa aufs Kamel gehoben und ihr gezeigt, wie sie sich im Sattel halten konnte. Lissa klammerte sich mit beiden Händen an den Sitz und schien vom Kamelreiten nicht die leiseste Ahnung zu haben. Das wunderte den jungen Aquilonier. Ein in der Wüste aufgewachsenes Mädchen, das noch nie zuvor auf einem Kamel gesessen hatte und bis zur vergangenen Nacht auch noch nie ein Pferd geritten hatte!

Amalric hatte für sie eine Art Umhang zurechtgemacht. Sie hatte ihn angelegt und nicht gefragt, woher er stammte — sie nahm ihn hin, wie sie alles hinnahm, was er für sie tat, dankbar, aber blindlings, ohne nach dem Grund zu fragen. Amalric sagte ihr natürlich nicht, daß der Seidenumhang, der sie jetzt vor der Sonne schützte, einst die schwarze Haut ihres Entführers bedeckt hatte.

Während des Rittes bat sie ihn wiederum, ihr etwas von der Welt zu erzählen, wie ein Kind, das um eine Geschichte bettelt.

»Ich weiß, Aquilonia liegt von der Wüste weit entfernt«, sagte sie. »Dazwischen liegen Stygien und die Länder Shem und andere Länder. Wie kommt es, daß du hier bist, so fern der Heimat?«

Eine Weile ritt er schweigend dahin, seine Hand lag auf dem

Leitseil des Kamels.

»Argos und Stygien liegen im Krieg miteinander«, sagte er dann. »Koth wurde mit hineingezogen. Die Kothianer drängten auf eine Invasion Stygiens. Argos stellte eine Armee von Söldnern auf, schiffte sie ein und segelte damit die Küste entlang in südlicher Richtung. Gleichzeitig sollte eine Armee der Kothianer in Stygien auf dem Landweg einfallen. Ich habe zur Söldnerarmee von Argos gehört. Wir trafen auf die stygische Flotte, besiegten sie und trieben sie zurück nach Khemi. Wir hätten landen, die Stadt plündern und dann dem Lauf des Styx folgen sollen, doch unser Admiral war vorsichtig. Unser Führer war Fürst Zapayo da Kova, ein Zigeuner.

Wir kreuzten auf Südkurs, bis wir die dschungelbewachsenen Küsten von Kush erreichten. Dort gingen wir an Land und die Schiffe lagen vor Anker, während die Armee entlang der stygischen Grenze nach Osten vorstieß und unterwegs brandschatzte und plünderte. Unsere Absicht war es, uns an einem gewissen Punkt nach Norden zu wenden und einen Stoß gegen das Herz Stygiens zu führen. Dann wollten wir uns mit dem kothischen Heer vereinen, das von Norden her vorstoßen sollte.

Da kam die Nachricht, daß wir verraten worden waren. Koth hatte mit den Stygiern einen Separatfrieden geschlossen. Eine stygische Armee sollte nach Süden vorrücken und uns den Weg abschneiden, während eine zweite Armee uns bereits den Weg zur Küste abgeschnitten hatte.

Verzweifelt entwickelte Fürst Zapayo die wahnwitzige Idee, in Richtung Osten zu marschieren, in der Hoffnung, die stygische Grenze entlangziehen und schließlich die östlichen Gebiete von Shem erreichen zu können. Doch die Armee aus dem Norden holte uns ein. Wir mußten uns zum Kampf stellen.

Wir kämpften den ganzen Tag lang und trieben sie in wilder Flucht zu ihren Stützpunkten zurück. Am nächsten Tag jedoch kam die zweite Armee aus dem Westen. Zwischen den Feinden zerrieben, hörte unsere Armee zu bestehen auf. Wir waren gebrochen, vernichtet, zerstört. Nur wenigen gelang die Flucht. Als die Nacht kam, machte ich mich mit meinem Gefährten, einem Cimmerer mit Namen Conan auf den Weg — einem Riesenkerl mit der Kraft eines Bullen.

Wir ritten nach Süden und kamen in die Wüste, weil wir keine andere Wahl hatten. Conan war schon früher in diesem Teil der

Welt gewesen und vertrat die Ansicht, wir hätten eine Chance zu überleben. Weit im Süden entdeckten wir eine Oase, doch stygische Reiter plünderten uns aus. Wieder flohen wir von Oase zu Oase, hungernd und durstend, bis wir in ein dürres unbekanntes Land der brennenden Sonne und des nackten Sandes kamen. Wir ritten, bis unsere Pferde zusammenbrachen und wir selbst schon halb im Delirium waren.

Und dann sahen wir eines Nachts Feuer und hielten darauf zu. Wir hofften verzweifelt auf die Chance, uns mit Menschen anzufreunden. Als wir jedoch in Reichweite kamen, prasselte als Begrüßung ein Pfeilhagel auf uns nieder. Conans Pferd wurde getroffen, bäumte sich auf und warf seinen Reiter ab. Conan muß sich den Hals wie einen dünnen Zweig gebrochen haben, er rührte sich nicht mehr. Irgendwie glückte es mir, in der Dunkelheit zu entkommen, obwohl mein Pferd unter mir verendet war. Ich konnte nur einen flüchtigen Blick auf die Angreifer werfen — große, hagere, braune Männer in seltsamer barbarischer Gewandung.

Zu Fuß habe ich die Wüste durchwandert und bin den drei Aasgeiern begegnet, die du gestern gesehen hast. Es waren Schakale-Ghanater, Angehörige eines räuberischen Stammes von Mischlingen: Negerblut und Mitra und wer weiß was noch. Sie haben mich nur deswegen nicht getötet, weil ich nichts hatte, was sie brauchen konnten. Einen Monat lang bin ich mit ihnen herumgezogen und habe geplündert, weil mir nichts anderes übrigblieb.«

»Ich wußte nicht, daß es so war«, murmelte sie. »Es heißt zwar, daß es draußen in der Welt Kriege und Grausamkeit gibt, doch das schien mir alles wie ein Traum und weit entfernt. Wenn man dich von Verrat und Kampf sprechen hört, ist es, als würde man es vor sich sehen.«

»Sind denn gegen Gazal nie Feinde gezogen?« fragte er.

Sie schüttelte den Kopf. »Die Menschen reiten in großer Entfernung an Gazal vorüber. Manchmal habe ich schwarze Pünktchen gesehen, die sich aufgereiht am Horizont entlang bewegen, und die alten Männer sagten, es wären Armeen, die in den Krieg ziehen. Sie sind nie näher an Gazal herangekommen.«

Amalric spürte ein leises Gefühl des Unbehagens. Diese Wüste, die scheinbar nichts Lebendes barg, war die Heimat eines der wildesten Stämme der Erde, der Ghanater, die weit im Osten umherzogen, sodann der maskierten Tibu, die, soviel er wußte, weiter im Süden hausten. Und irgendwo im Südwesten lag das halb sagenhafte Reich Tombalku, das von einer wilden barbarischen Rasse beherrscht wurde. Es war also höchst merkwürdig, daß eine Stadt inmitten dieses wüsten Landes derart friedlich hatte existieren können, daß einer ihrer Bewohner nicht einmal die Bedeutung des Krieges kannte.

Vor sich hinstarrend, übermannten ihn merkwürdige Gedanken. Sollte das Mädchen doch einen Sonnenstich haben? War sie ein Dämon in weiblicher Gestalt, der aus der Wüste gekommen war, um ihn ins Verderben zu führen? Ein einziger Blick auf das Mädchen, das sich wie ein Kind an den Kamelsattel klammerte, genügte, um seine düsteren Gedanken zu zerstreuen. Und dann überkamen ihn wieder Zweifel. War er verzaubert worden? Hatte sie ihn behext?

Beständig drangen sie in westlicher Richtung vor und hielten nur an, um zur Mittagszeit Datteln zu kauen und Wasser zu trinken. Um das Mädchen vor der sengenden Sonne zu schützen, schuf Amalric ein provisorisches Zelt aus Schwert, Scheide und Satteldecken. Müde und vom schwankenden und stoßenden Gang des Kamels ganz steif, ließ sie sich von Amalric herunterheben. Als er wieder die süße Fülle ihres Körpers spürte, übermannte ihn heiße Leidenschaft. Er blieb reglos stehen, betäubt von ihrer Nähe, ehe er sie in den dürftigen Schatten des improvisierten Zeltes legte.

Fast fühlte er Wut über den klaren Blick, mit dem sie ihn ansah und über die Gefügigkeit, mit der sie ihren jungen Körper seinen Händen überließ. Sie schien keine Ahnung zu haben, daß es Menschen geben könnte, die ihr übel wollten. Ihr unschuldiges Vertrauen beschämte ihn und bewirkte, daß sich hilfloser Zorn in ihm staute.

Während des Essens spürte er von dem Geschmack der Datteln nichts. Mit glühendem Blick sah er sie an und nahm gierig jede Einzelheit ihrer geschmeidigen jungen Gestalt auf. Wie ein Kind schien sie seine gespannte Aufmerksamkeit nicht zu bemerken. Als er sie wieder aufs Kamel hob und sie ihre Arme unbefangen um seinen Hals legte, schauderte er. Er hob sie auf ihr Reittier, und sie setzten den Weg fort.

2

Es war kurz vor Sonnenuntergang, als Lissa die Hand ausstreckte und rief: »Sieh doch! Die Türme von Gazal!«

Am Wüstenrand sah er sie — Türme und Minarette, die sich in einer Vielzahl von Formen jadegrün in den blauen Himmel erhoben. Für das Mädchen hätte die Stadt genausogut eine Fata Morgana sein können — dachte er. Er sah Lissa neugierig an. Sie zeigte keinerlei Anzeichen von Erregung oder Freude über ihre Heimkehr. Sie seufzte und ließ den Kopf hängen.

Als sie näher herangekommen waren, wurden die Einzelheiten deutlicher. Direkt aus dem Wüstensand wuchsen die Mauern empor, die die Türme umschlossen. Und Amalric sah, daß die Mauer an vielen Stellen baufällig war. Auch die Türme waren verfallen. Dächer waren eingestürzt, Zinnen abgebrochen, schiefe Türme sahen aus wie Betrunkene. Panik überkam Amalric. War es eine Totenstadt, auf die er, geführt von einem Vampir, zuritt? Ein rascher Blick auf das Mädchen beruhigte ihn. In dieser göttlichen Form konnte kein Dämon lauern. Sie sah ihn mit einer merkwürdig versonnenen Frage in den Augen an und blickte dann mit einem tiefen Seufzer zur Stadt hin, als würde sie von einer schwer deutbaren fatalistischen Verzweiflung erfaßt.

Jetzt konnte Amalric durch die Breschen in den jadegrünen Mauern sehen, daß sich Gestalten innerhalb der Stadt bewegten. Kein Mensch begrüßte sie, als sie durch eine Mauerlücke ritten und sich unvermittelt auf einer breiten Straße befanden. Aus der Nähe betrachtet, war der Verfall noch deutlicher. Die untergehende Sonne beleuchtete grell alle Einzelheiten. In den Straßen wucherte üppig das Gras und verdeckte die schadhafte Pflasterung. Straßen und Höfe waren mit Unrat oder Mauertrümmern übersät. Da und dort hatte man die Ruinen eines Hauses weggeräumt und an dieser Stelle einen Garten angelegt.

Kuppeln erhoben sich, rissig und verfärbt. Portale gähnten türlos. Überall herrschte Verfall. Und dann erblickte Amalric einen Turm, der unversehrt war, einen schimmernden roten zylindrischen Turm, der sich in der äußersten Südwestecke der Stadt erhob. Er schimmerte makellos zwischen den Ruinen. Amalric deutete auf den Turm.

»Warum ist dieser Turm erhalten und die anderen nicht?«

fragte er.

Lissa wurde bleich. Sie zitterte und packte hastig seine Hand. »Sprich nicht davon!« flüsterte sie. »Sieh nicht hin — du darfst nicht einmal daran denken!«

Amalric runzelte die Stirn. Der unheilschwangere Unterton ihrer Worte hatte das Bild des geheimnisvollen Turmes irgendwie verändert. Jetzt erschien er ihm wie ein Schlangenhaupt, das sich zwischen Verfall und Trostlosigkeit erhob. Eine Flut schwarzer Punkte — flatternde Fledermäuse — entströmte seinen schwarzen Öffnungen.

Der junge Aquilonier sah sich wachsam um. Schließlich hatte er keine Gewähr, daß die Bürger von Gazal ihm einen freundlichen Empfang bereiten würden. Er sah, daß die Menschen sich gemessen in den Straßen bewegten. Wenn sie stehenblieben und ihn anstarrten, überlief ihn eine Gänsehaut. Es waren Männer und Frauen mit freundlichen Zügen; ihre Blicke waren sanft. Doch ihr Interesse schien so gering — so vage und unpersönlich. Sie machten keine Anstalten, sich ihm zu nähern oder ihn anzusprechen. Es hätte für sie die natürlichste Sache der Welt sein können, daß ein bewaffneter Reiter aus der Wüste in ihre Stadt geritten kam, doch wußte Amalric, daß es nicht der Fall war. Die gleichgültige Art, mit der die Leute von Gazal seine Ankunft registrierten, rief in ihm Unbehagen hervor.

Lissa redete sie an und wies auf Amalric, dessen Hand sie hochhob wie die eines Kindes. »Das ist Amalric von Aquilonien, der mich von den Schwarzen gerettet und nach Hause gebracht hat.«

Ein höfliches Murmeln des Willkomms erhob sich. Einige kamen auf ihn zu und streckten ihm die Hand entgegen. Noch nie hatte Amalric so gleichgültig-freundliche Gesichter gesehen. Die Augen waren sanft und mild und drückten weder Angst noch Staunen aus. Doch waren es nicht die Augen stumpfer Tiere. Es waren vielmehr Augen von Menschen, die in Träumen gefangen waren.

Ihr Starren gab ihm ein Gefühl des Unwirklichen. Er merkte kaum, was man zu ihm sagte. Zu stark fesselte ihn die sonderbare Umgebung. Diese ruhigen, verträumten Menschen in Seidengewändern und weichen Sandalen, die sich mit zielloser Unbestimmtheit inmitten der verfärbten Ruinen bewegten. Ein Lotosparadies der Illusion? Vom düsteren roten Turm drang ein mißtönender Klang herüber.

Einer der Männer, das glatte faltenlose Gesicht von Silberhaar umrahmt, sagte: »Aquilonien? Da war doch eine Invasion, das haben wir gehört — durch König Bragorus von Nemedien. Wie ist der Krieg ausgegangen?«

»Bragorus wurde zurückgedrängt«, antwortete Amalric kurz. Das war unheimlich. Neunhundert Jahre waren vergangen, seitdem Bragorus seine Speerkämpfer durch die Sümpfe Aquiloniens geführt hatte.

Der die Frage gestellt hatte, drang nicht weiter in ihn. Die Menschen ließen sich weiter treiben, und Lissa zog an seiner Hand. Er drehte sich zu ihr um und genoß ihren Anblick. In einem Reich der Illusion und des Traumes war ihr weicher und doch fester Körper wie ein Anker für seine kreisenden ängstlichen Gedanken. Lissa war kein Traum. Sie war Wirklichkeit. Ihr Körper war süß und greifbar wie Sahne und Honig.

»Komm!« sagte sie. »Laß uns essen und ausruhen!«

»Und was ist mit den Menschen?« fragte er. »Willst du ihnen nicht von deinen Erlebnissen berichten?«

»Es würde sie nicht interessieren, außer vielleicht ein paar Augenblicke lang«, antwortete sie. »Sie würden ein wenig zuhören und sich dann weitertreiben lassen. Sie haben ja kaum bemerkt, daß ich weg war. Komm!«

Amalric führte Pferd und Kamel in einen abgeschlossenen Hof, wo das Gras hoch wucherte und aus einer beschädigten Quellenleitung Wasser in einen Marmortrog tropfte. Dort pflockte er die Tiere an. Dann folgte er Lissa. Sie nahm seine Hand und führte ihn über den Hof in einen Torbogen. Inzwischen war es Nacht geworden. Über dem Hof funkelten Sterne, und ihr zeichneten sich die Umrisse der gezackten Zinnen ab.

Durch eine Reihe dunkler Gemächer ging ihm Lissa voraus. Sie bewegte sich mit einer Sicherheit, die lange Kenntnis verriet. Amalric tappte ihr nach und ließ sich von ihrer kleinen Hand führen. Für ihn war es kein angenehm erregendes Abenteuer. In der undurchdringlichen Finsternis hing der Geruch von Staub und Verfall. Unter seinen Füßen wechselten geborstene Fliesen mit abgetretenen Teppichen. Mit der freien Hand berührte er morsche Türbogen. Dann wieder schimmerten Sterne durch ein eingefallenes Dach und zeigten ihm einen schmalen gewundenen Gang, in dem moderne Wandbehänge hingen. Sie raschelten im leichten Luftzug. Dieses Geräusch klang wie Hexengeflüster und ließ ihm die Haare zu Berge stehen.

Dann betraten sie ein Gemach, das von dem durchs offene Fenster einfallende Sternenlicht trüb erleuchtet wurde. Lissa ließ seine Hand los. Sie tastete umher und hielt auf einmal ein schwaches Licht in der Hand, einen glasigen Knopf, der golden schimmerte. Sie legte ihn auf einen Marmortisch und bot Amalric mit einer Handbewegung Platz auf einem Lager an, auf dem sich Seidenkissen türmten. Sie griff in ein Versteck und holte eine goldene Weinkaraffe und andere Gefäße hervor, die für Amalric unbekannte Speisen enthielten. Auch Datteln waren da, doch die anderen Früchte und Gemüse, die schal und fade schmeckten, kannte er nicht. Der Wein war dem Gaumen angenehm, war aber sowenig berauschend wie gewöhnliches Trinkwasser.

Lissa, die sich ihm gegenüber auf einen Marmorhocker gesetzt hatte, aß mit großem Appetit.

»Welch ein Ort ist das?« fragte er. »Du bist wie diese Menschen und ihnen doch seltsam unähnlich.«

»Sie sagen, ich wäre wie unsere Ahnen«, antwortete Lissa. »Vor langer Zeit sind sie in die Wüste gekommen und haben diese Stadt inmitten einer großen Oase erbaut, in der mehrere Quellen sprudelten. Die Bausteine nahmen sie von den Ruinen einer viel älteren Stadt — nur der rote Turm —« ihre Stimme wurde leise, und Lissa sah nervös zu den Fenstern hinüber — »nur der rote Turm hatte schon hier gestanden. Er war leer — damals.

Unsere Vorfahren, die Gazali hießen, lebten einst im südlichen Koth. Sie waren für ihr gelehrtes Wissen bekannt. Doch sie wollten die Verehrung Mitras wieder aufleben lassen, den die Kothianer schon längst gestürzt hatten, und der König vertrieb sie aus seinem Reich. So kamen sie in den Süden. Es waren ihrer viele: Priester, Gelehrte, Lehrer und Wissenschaftler mit ihren shemitischen Sklaven.

Sie erbauten Gazal in der Wüste. Sobald jedoch die Stadt stand, erhoben sich die Sklaven und flohen und vermischten sich mit den wilden Wüstenstämmen. Man hatte sie nicht schlecht behandelt, doch in der Nacht war ein Gerücht in die Stadt gedrungen, das bewirkte, daß die Sklaven wie von Furien gehetzt aus der Stadt in die Wüste flohen.

Hier also lebt seither mein Volk und hat gelernt, Speisen und Getränke aus dem Vorhandenen zu schaffen. Ihre Gelehrsamkeit war wunderlich. Als die Sklaven die Flucht ergriffen, hatten sie sämtliche Kamele, Pferde und Esel aus der Stadt mitgenommen. Von da an hat es keine Verbindung mehr zur Außenwelt gegeben. In Gazal gibt es Gewölbe voller Karten, Bücher und Chroniken, doch alle sind mindestens neunhundert Jahre alt, denn es sind neunhundert Jahre vergangen, seitdem mein Volk aus Koth geflohen ist. Seither hat niemand aus der Außenwelt einen Fuß nach Gazal gesetzt. Und die Menschen werden allmählich weniger. Sie sind so verträumt und versonnen geworden, daß ihnen menschliche Leidenschaften und Begierden fremd sind. Die Stadt verfällt zu Ruinen, und kein Mensch rührt einen Finger.

Etwas Gräßliches — sie schluckte und schauderte — kam über sie, und sie konnten weder fliehen noch sich zur Wehr setzen.«

»Was meinst du damit?« flüsterte er, während ihm ein kalter Schauer über den Rücken lief. Das Rascheln vermoderter Wandbehänge entlang namenloser Korridore wühlte dunkle Ängste in seiner Seele auf.

Lissa schüttelte den Kopf. Sie stand auf, ging um den Marmortisch herum und legte ihm die Hände auf die Schultern. Aus ihren feuchten Augen sprach Angst und ein verzweifeltes Sehnen, das ihm ein Würgen in der Kehle verursachte. Ganz instinktiv legte er den Arm um ihre schlanke Gestalt und spürte, wie sie bebte.

»Halt mich fest!« bat sie. »Ich fürchte mich! Ach, ich habe von einem Mann wie dir geträumt. Ich bin nicht wie die andern meines Volkes. Es sind Tote, die über vergessene Straßen wandeln. Ich aber lebe. Ich bin warm und voller Gefühl. Ich hungere, dürste und giere nach Leben. Ich kann die stillen Straßen, verfallenen Gewölbe und fahlen Menschen von Gazal nicht mehr ertragen, obwohl ich niemals etwas anderes kennengelernt habe. Deswegen bin ich weggelaufen. Ich habe mich nach dem Leben gesehnt —«

Sie schluchzte hemmungslos in seinen Armen. Ihr Haar fiel über sein Gesicht. Der Duft machte ihn benommen. Ihr fester Körper drängte sich an ihn. Sie lag über seinen Knien und hatte die Arme um seinen Nacken geschlungen. Er preßte sie an seine Brust und drückte seine Lippen auf ihren Mund, Augen, Lippen,

Wangen, Haare, Kehle, Brüste — er überschüttete sie mit heißen Küssen, bis ihr Schluchzen in atemloses Keuchen überging. Seine Leidenschaft war nicht die Roheit eines Wüstlings und die in ihr schlummernde Leidenschaft erwachte in einer überwältigenden Woge. Der glühende goldene Ball fiel, berührt von seinen Fingern, zu Boden und verlöschte. Nur das Sternenlicht drang durch die Fenster.

In Amalrics Armen auf dem seidenbehängten Lager hingestreckt, öffnete Lissa ihm ihr Herz und erzählte ihm flüsternd von ihren Träumen, Hoffnungen und Wünschen — kindlich, pathetisch, schrecklich.

»Ich nehme dich mit«, murmelte er. »Morgen. Du hast recht. Gazal ist eine Totenstadt. Wir kehren in die Welt draußen zurück. Sie ist grausam roh und schrecklich, aber immer noch besser als dieser lebende Tod —«

Die Nachtstille wurde von einem markerschütternden Schmerzensschrei, einem Schrei des Schreckens und der Verzweiflung zerschnitten. Dieser Ton ließ kalten Schweiß auf Amalrics Stirn ausbrechen. Er fuhr senkrecht vom Lager hoch, doch Lissa klammerte sich verzweifelt an ihn.

»Nein, nein!« flehte sie verzweifelt im Flüsterton. »Geh nicht! Bleib hier!«

»Es geschieht ein Mord!« rief er aus und tastete nach seinem Schwert. Die Schreie schienen über einen Außenhof hereinzudringen. Dazwischen mischte sich ein unbeschreibliches zerrendes reißendes Geräusch. Die Schreie wurden höher und dünner, unerträglich, Hoffnungslosigkeit und Qual verratend. Dann sanken sie zu einem gedehnten schauderhaften Schluchzen herab.

»Mit diesem Schrei habe ich Menschen auf der Folterbank sterben gehört!« murmelte Amalric, von Entsetzen geschüttelt. »Welcher Teufel ist hier am Werk?«

Von wahnsinniger Furcht gepackt zitterte Lissa wie Espenlaub. Er spürte das wilde Pochen ihres Herzens.

»Das ist das Gräßliche, von dem ich gesprochen habe!« flüsterte sie. »Der Schrecken, der im roten Turm haust. Vor langer Zeit ist er gekommen. Einige sagen, er hätte hier in den verlorenen Jahren gehaust und wäre nach dem Bau von Gazal wiedergekehrt. Es verschlingt Menschen. Was es für ein Wesen ist, weiß kein Mensch, weil es noch niemand gesehen und überlebt hat, um zu berichten. Es ist ein Gott oder Teufel. Deswegen sind die Sklaven geflohen, und deswegen meiden die Wüstenbewohner die Stadt Gazal. Viele der unseren sind in seinem gräßlichen Schlund verschwunden. Mit der Zeit werden alle verschwunden sein, und er wird über eine leere Stadt herrschen, so wie er über die Ruinen geherrscht hat, aus denen Gazal entstanden ist, wie die Menschen sagen.«

»Warum sind die Menschen geblieben und haben sich verschlingen lassen?« fragte er.

»Ich weiß nicht«, wimmerte sie. »Sie sind die Gefangenen von Träumen.«

»Hypnose«, murmelte Amalric. »Hypnose, im Verein mit Verfallserscheinungen! Ich habe es in ihren Augen gelesen. Dieser Teufel hat sie hypnotisiert. Mitra, welch gräßliches Geheimnis!«

Lissa preßte ihr Gesicht an seine Brust und klammerte sich an ihn.

»Was sollen wir tun?« fragte er.

»Da gibt es nichts zu tun«, flüsterte sie. »Dein Schwert würde dir nichts nützen. Vielleicht wird es uns nichts tun. Heute hat es schon ein Opfer gefunden. Wir müssen warten wie Schafe auf den Schlächter.«

»Verdammt will ich sein, wenn ich warten werde —« rief Amalric wie elektrisiert aus. »Wir werden nicht bis morgen warten. Wir gehen schon heute. Mach ein Bündel mit Proviant zurecht. Ich hole unsere Reittiere. Wir treffen uns vor dem Hof!«

Da das unbekannte Ungeheuer bereits zugeschlagen hatte, glaubte Amalric, er könne das Mädchen ein paar Minuten allein lassen. Als er sich durch den gewundenen Gang tastete, durch die dunklen Gemächer, in denen die wehenden Wandbehänge raschelten, schauderte er. Er fand die Tiere nervös aneinandergedrängt im Hof, wo er sie zurückgelassen hatte. Wiehernd beschnupperte ihn der Hengst, als spüre er Gefahr aus der atemlosen bedrückenden Nacht.

Amalric sattelte und zäumte die Tiere und führte sie durch die schmale Öffnung auf die Straße. Kurz darauf stand er in dem sternenhellen Hof. Er war kaum angekommen, als ihn ein gräßlicher Schrei erreichte, der schaudervoll in der Luft hing. Er kam aus dem Raum, in dem er Lissa zurückgelassen hatte.

Er antwortete mit einem wilden Aufbrüllen. Mit gezücktem

Schwert lief er über den Hof und zwängte sich durch das Fenster. Die goldene Kugel leuchtete wieder und schnitt schwarze Schatten aus den schrumpfenden Ecken. Die Seidenkissen lagen auf dem Boden verstreut. Der Marmorhocker war umgeworfen, der Raum leer.

Übelkeit und Schwäche übermannten Amalric. Er taumelte gegen den Marmortisch. Das schwache Licht schwankte vor seinen Augen. Und dann überflutete ihn ein Anfall wahnsinniger Wut. Der rote Turm! Sicher würde der Unhold sein Opfer dorthin zerren!

Er sprang mit wenigen Sätzen über den Hof, erreichte die Straße und lief auf den Turm zu, der schaurig unter den Gestirnen erglühte. Die Straßen verliefen nicht in gerader Richtung. Er schnitt den Weg durch stille Hinterhäuser ab und überquerte Höfe, in denen üppig emporgeschossenes Gras im Nachtwind raschelte.

Vor ihm, um den roten Turm gedrängt, erhob sich ein Trümmerhaufen. Dort hatte der Verfall grausamer gewütet als in der übrigen Stadt. Offenbar war dieser Teil unbewohnt. Inmitten dieses Trümmerfeldes eingestürzter Mauern wuchs der rote Turm wie eine giftige rote Blume aus einem Gebeinhaus.

Um zum Turm zu gelangen, war er gezwungen, die Trümmer zu überwinden. Furchtlos drang er gegen die schwarzen Mauerreste vor und tastete nach einer Tür. Endlich hatte er eine Tür gefunden und trat ein, wobei er sein Schwert vor sich hielt. Und dann bot sich ihm ein Anblick, wie er sich den Menschen manchmal in fantastischen Träumen bietet.

Vor ihm erstreckte sich ein langer Gang, von unheimlichem Licht schwach erhellt. Die Wände waren mit seltsamen furchteinflößenden Teppichen behangen. In großer Entfernung sah er eine sich entfernende Gestalt — ein weiße, nackte, gebeugte Figur, die dahintorkelte und etwas mit sich zerrte, dessen Anblick ihn mit Entsetzen füllte und ihm den Schweiß auf die Stirn trieb. Sodann verschwand die Erscheinung aus seinem Blickfeld, und damit war auch der unheimliche Lichtschein verschwunden. Amalric stand in der lautlosen Finsternis und sah nichts und hörte nichts und dachte nur an eine gebeugte weiße Gestalt, die einen schlaffen menschlichen Körper durch einen langen schwarzen Gang zerrte.

Während er sich weitertastete, regte sich eine undeutliche Erinnerung in seinem Gedächtnis. Die Erinnerung an eine grausige Geschichte, die man ihm an einem verlöschenden Feuer in der schädelförmigen Teufels-Hütte eines schwarzen Magiers zugeraunt hatte — die Geschichte von einem Gott, der in einem roten Turm in einer verfallenen Stadt hauste — ein Gott, der durch dunkle Kulte in dampfenden Dschungeln und an trüben, düsteren Flüssen verehrt wurde. Und daneben regte sich in seinem Bewußtsein eine Zauberformel, voller Ehrfurcht und Angst ins Ohr geflüstert, während die Nacht den Atem anhielt, das Löwengebrüll am Fluß verstummte und sogar die Palmblätter stillehielten.

Ollam-onga, wisperte ein dunkler Wind durch den finsteren Gang. Ollam-onga, wisperte der Staub, der unter seinen verstohlenen Schritten zermahlen wurde. Amalric war in Schweiß gebadet, und das Schwert in seiner Hand zitterte. Er schlich durch das Haus eines Gottes, und die Furcht hielt ihn mit knochiger Faust. Das Haus des Gottes — der volle Schrecken dieses Satzes lastete auf seinem Bewußtsein. Alle überlieferten Ängste und auch jene Angstvorstellungen, die über die Vorväter und das Gedächtnis der urmenschlichen Rasse hinausreichten, bedrängten ihn. Entsetzen, kosmisches und nichtmenschliches, warf ihn fast nieder. Das Erfassen seiner Schwäche als Mensch zerschmetterte ihn, während er das Haus der Finsternis durchschritt, das das Haus eines Gottes war.

Über ihm schimmerte ein so schwacher Schein, daß er kaum zu sehen war. Amalric wußte, daß er sich jetzt dem Turm selbst näherte. Im nächsten Moment tastete er sich durch eine Bogentür und stolperte auf merkwürdig ausgetretenen Stufen. Immer weiter hinauf stieg er. Und während des Treppensteigens brandete in ihm jene blinde Wut auf, die die letzte Verteidigung der Menschheit gegen teuflische Machenschaften und alle feindliche Mächte des Universums ist. Er vergaß seine Furcht. Brennend vor schrecklicher Begierde stieg er durch die undurchdringliche böse Finsternis immer höher, bis er in einen Raum kam, der von einem unheimlichen goldenen Schein erleuchtet war.

Am entgegengesetzten Ende des Gemaches führte eine kurze Stiege mit breiten Stufen zu einer Art Empore oder Plattform, auf der einige Gegenstände aus Stein standen. Die verstümmelten Überreste des Opfers lagen verstreut auf der Empore, ein Arm baumelte schlaff über die Stufen. Die Marmorstufen waren von Blutspritzern gefärbt, die aussahen wie Stalaktiten an der Öffnung einer heißen Quelle. Die meisten Blutspuren waren alt, vertrocknet, dunkelbraun. Doch einige waren noch rot, feucht und glänzend.

Vor Amalric am Fuß der Treppe stand eine weiße nackte Gestalt. Amalric blieb stehen, die Zunge klebte ihm am Gaumen. Allem Anschein nach war es ein nackter Weißer, der da stand und ihn ansah. Die mächtigen Arme hielt er verschränkt über einer Alabasterbrust. Die Augen aber waren leuchtende Feuerbälle, so wie sie nie aus einem menschlichen Kopf hinausgeblickt hatten. In diesen Augen erblickte Amalric die gefrorenen Feuer der letzten Hölle, von gräßlichen Schatten umrahmt.

Und dann begannen die Umrisse der Gestalt vor ihm undeutlich zu werden — zu verschwimmen. Mit Aufbietung aller Kräfte brach der Aquilonier die Fesseln des Schweigens und sprach eine geheime und gräßliche Beschwörung. Und als die gräßlichen Worte die Stille durchschnitten, hielt der weiße Riese inne. Wieder waren die Umrisse klar und deutlich vor dem goldenen Hintergrund zu sehen.

»Jetzt greif mich an, Verdammter!« schrie Amalric erregt. »Ich habe dich an deine menschliche Form gebunden! Der schwarze Hexer hat die Wahrheit gesagt! Das richtige Zauberwort hat gewirkt! Greif mich an, Ollam-onga! Solange du nicht den Zauber brichst, indem du mein Herz verzehrst, bist du genauso ein Mensch wie ich!«

Mit einem Aufbrüllen, das wie Sturmgeheul klang, griff das Wesen ihn an. Amalric wich mit einem Seitwärtssprung der Umklammerung der Hände aus, deren Kraft die eines Sturmes übertraf. Ein einzelner ausgestreckter klauenartiger Finger des vorbeispringenden Ungeheuers, der sich in seiner Tunika verfing, riß Amalric das Gewand vom Leib, als wären es morsche Lumpen. Doch Amalric, dem die Angst übermenschliche Behendigkeit verlieh, fuhr herum und stieß sein Schwert dem Ding durch den Rücken, so daß die Schwertspitze aus der breiten Brust herausragte.

Teuflisches Schmerzgeheul erschütterte den Turm. Das Ungeheuer fuhr herum und fiel Amalric an, doch der Jüngling sprang beiseite und lief die Treppen zu der Empore hinauf. Dort dreht er sich um, hob einen Marmorsitz hoch und schleuderte ihn dem Schrecklichen entgegen, das die Stufen heraufstürmte. Das massive Geschoß traf mitten ins Gesicht und riß den Teufel die Stufen hinunter. Er stand auf, ein schrecklicher Anblick, blutüberströmt, und versuchte abermals die Stufen zu erklimmen. Verzweifelt hob Amalric eine schwere Bank hoch, deren Gewicht ihm ein Stöhnen der Anstrengung abforderte, und schleuderte auch sie dem Ungeheuer entgegen.

Unter der Wucht des niedersausenden Blocks taumelte Ollamonga die Treppe hinunter und blieb zwischen den Trümmern liegen, die jetzt mit seinem Blut gefärbt waren. Mit einer letzten verzweifelten Anstrengung stemmte er sich auf die Hände und sah mit glasigem Blick um sich. Dann warf er den blutigen Kopf zurück und stieß einen gräßlichen Schrei aus.

Amalric schauderte und zuckte vor dem abgrundtiefen Schrecken dieses Schreis zurück, der eine Antwort fand. Von irgendwoher aus der Luft über dem Turm drang wie ein Echo das schwache Stimmengewirr teuflischer Schreie. Und dann wurde der inmitten blutbespritzter Trümmer liegende verstümmelte weiße Leib schlaff. Und Amalric wußte, daß einer der Götter von Kush nicht mehr war. Und mit diesem Gedanken überkam ihn blinde, sinnlose Wut.

In einem Nebel des Grauens stürmte er die Treppen der Empore hinunter und zuckte vor dem Ding zurück, das starren Blikkes auf dem Boden lag. Die Nacht schien gegen ihn aufzuschreien, voll Entsetzen über den Frevel. Seine Vernunft, die über den Triumph frohlockte, wurde von einer Flut kosmischer Urangst überflutet.

Plötzlich stockte sein Schritt. Von unten aus der Dunkelheit kam ihm Lissa mit ausgestreckten Armen entgegen. Ihre Augen waren Spiegel des Grauens.

»Amalric!« Das war der Schrei einer von Furien Gehetzten. Er erdrückte sie fast in seinen Armen.

»Ich habe es gesehen«, flüsterte sie, »wie es einen Toten durch den Gang geschleppt hat. Ich habe geschrien und bin davongelaufen. Und dann, als ich zurückkam, hörte ich dich rufen und wußte, du würdest auf der Suche nach mir in den roten Turm eindringen —«

»Und du bist gekommen, um mein Schicksal zu teilen.« Ihm blieben die Worte fast in der Kehle stecken.

Als sie zwischen Ekel und Neugier schwankend an ihm vorbeizuspähen versuchte, hielt er ihr die Augen zu und drehte sie weg. Es war besser, sie bekam nicht zu sehen, was auf dem roten Boden lag. Er raffte seine zerrissene Tunika zusammen, wagte aber nicht, sein Schwert zu berühren. Als er Lissa über die dunkle Treppe halb führte und halb schleppte, zeigte ihm ein Blick über die Schulter, daß zwischen den Marmortrümmern keine nackte weiße Gestalt mehr lag. Der Zauber hatte Ollamonga zwar im Leben, aber nicht im Tod an seine menschliche Gestalt gebunden. Vorübergehend konnte Amalric nichts sehen, doch dann eilte er, zu wahnsinniger Eile angestachelt, mit Lissa die Treppe hinunter.

Er verlangsamte das Tempo nicht, ehe sie die Straße erreicht hatten, wo Kamel und Pferd aneinandergedrängt standen. Hastig hob er das Mädchen aufs Kamel und schwang sich auf den Hengst. Er griff nach dem Leitseil und schlug die Richtung zur zerfallenen Mauer ein. Einige Minuten darauf holte er gierig Luft. Die reine Wüstenluft kühlte sein Blut. Sie war frei vom Geruch des Verfalls und der Verwesung.

Von seinem Sattelknauf hing ein kleiner Wasserbeutel. Nahrung hatten sie nicht mitnehmen können, und sein Schwert lag im Gemach des roten Turmes. Unbewaffnet und ohne Proviant mußten sie der Wüste gegenübertreten. Doch diese Gefahr schien ihnen weniger bedrohlich als der Schrecken der Stadt hinter ihnen.

Schweigend ritten sie dahin. Amalric wollte nach Süden. Irgendwo in dieser Richtung lag eine Oase. Als es dämmerte und sie auf einer Anhöhe standen, wandte er sich nach Gazal um, das im rosafarbenen Morgenlicht unwirklich aussah.

Plötzlich erstarrte Amalric, und Lissa stieß einen Schrei aus. Aus einer Maueröffnung der Stadt waren sieben Reiter gedrungen. Ihre Rosse waren schwarz, und die Reiter selbst von Kopf bis Fuß in Schwarz gehüllt. Entsetzen erfaßte Amalric. Er drehte sich um und trieb ihre Tiere zu größter Eile an.

Rot ging die Sonne auf, dann wurde sie golden und später zu einem weißleuchtenden, metallenen Flammenball. So hasteten sie weiter, bis sie vor Hitze und Mattigkeit schwankten, geblendet von der gnadenlosen Sonne. Von Zeit zu Zeit benetzten sie die Lippen mit Wasser. Und hinter ihnen folgten in gleichmäßigem Tempo sieben schwarze Punkte.

Der Abend nahte. Die Sonne rötete sich und senkte sich auf

den Rand der Wüste. Eine kalte Hand umklammerte Amalrics Herz. Die Reiter waren nähergekommen.

So wie die Dunkelheit sich näherte, rückten auch die schwarzen Reiter immer näher heran. Amalric warf einen Blick zu Lissa hinüber. Ein Stöhnen entrang sich seiner Brust. Da stolperte sein Hengst und stürzte.

Die Sonne war untergegangen. Der Mond wurde plötzlich von einem fledermausförmigen Schatten verdeckt. In der schwarzen Finsternis erglühten rot die Sterne. Amalric vernahm hinter sich ein anschwellendes Brausen, das wie ein nahender Sturm klang. Da hob sich ein dunkles, rasch näherkommendes Gebilde gegen die Nacht ab, in dem Funken eines gräßlichen Lichtes sprühten.

»Reite, Mädchen, reite!« schrie er verzweifelt. »Los, rette dich. Sie sind hinter mir her!«

Lissa ließ sich vom Kamel gleiten und schlang ihre Arme um ihn. »Ich werde mit dir sterben!«

Sieben schwarze Schatten zeichneten sich im Sternenlicht ab. Sie jagten daher wie der Wind. Unter den Kapuzen schimmerten Feuerbälle. Knöcherne Kiefer klapperten schaurig.

Und dann kam die Wende. Ein Pferd fegte an Amalric vorüber, eine undeutliche Masse in der unnatürlichen Finsternis. Man hörte den Zusammenprall, als das unbekannte Pferd mitten zwischen die anstürmenden Schatten preschte. Ein Pferd wieherte vor Entsetzen, und eine menschliche Stimme, die aber von einem Bullen zu stammen schien, brüllte in einer fremden Sprache. Von irgendwoher in der Nacht antwortete lautes Stimmengewirr.

Eine Szene der Gewalt rollte ab. Pferdehufe trampelten und dröhnten. Es ertönte der Aufprall grausamer Hiebe, und die Stentorstimme stieß saftige Flüche aus. Und dann kam plötzlich der Mond hervor und beleuchtete eine fantastische Szene.

Ein Mann auf einem mächtigen Pferd führte blitzschnelle Hiebe nach allen Seiten, offenbar in die Luft. Hinter ihm fegte eine Horde Reiter herbei, deren gebogene Schwerter im Mondlicht blitzten. Hinter einem Hügelrücken verschwanden sieben schwarze Gestalten, deren Burnusse wie Fledermausflügel flatterten.

Um Amalric schwärmten die Wilden, die von ihren Pferden sprangen und ihn umringten. Sehnige Arme hielten ihn fest. Wilde braune Falkengesichter starrten ihn an. Lissa schrie auf.

Und dann flogen die Männer nach links und rechts beiseite, als der Mann auf dem großen Pferd sich durchzwängte. Er beugte sich aus dem Sattel und sah Amalric scharf an.

»Zum Teufel«, brüllte er. »Amalric, der Aquilonier!«

»Conan!« rief Amalric überrascht aus. »Conan — und lebendig!«

»Lebendiger jedenfalls, als du im Moment zu sein scheinst!« gab der andere zurück. »Bei Crom, Mensch, du siehst aus, als hätten dich alle Teufel dieser Wüste durch die Nacht verfolgt! Wer waren deine Verfolger? Ich ritt eben um das Lager, das meine Männer errichtet hatten, um mich zu vergewissern, daß wir vor Feinden sicher seien, als der Mond wie eine Kerze verlöschte. Dann hörte ich Fluchtgeräusche. Ich hielt auf die Geräusche zu. Und bei Mache, ich war mitten unter diese Teufel geraten, bevor ich wußte, wie mir geschah. Ich hielt mein Schwert in der Hand und hieb um mich. Bei Crom, ihre Augen flammten wie Feuer in der Dunkelheit! Ich weiß, daß meine Klinge sie getroffen hat. Doch als der Mond wieder zum Vorschein kam, waren sie weg wie ein Windhauch. Waren es Menschen oder Teufel?«

»Teufel, direkt aus der Hölle«, sagte Amalric schaudernd. »Frag mich nicht. Es gibt Dinge, die lieber ungesagt bleiben.«

Conan drang nicht weiter in ihn. Auch machte er kein ungläubiges Gesicht. In seinem Weltbild hatten Teufel, Geister, Kobolde und Zwerge ihren Platz.

»Bei dir kann man sich wirklich darauf verlassen, daß du eine Frau findest, sogar in der Wüste«, sagte er mit einem Blick auf Lissa. Das Mädchen hatte sich Amalric genähert und klammerte sich eng an ihn. Ängstlich sah sie die wilden Gestalten an, die sie umstanden.

»Wein her!« schrie Conan. »Bringt die Flaschen. Hier!« Er ergriff eine Lederflasche und drückte sie Amalric in die Hand. »Gib dem Mädchen einen tüchtigen Schluck, und trink dann selbst«, riet er. »Dann setzen wir dich auf ein Pferd und bringen dich in unser Lager. Ihr braucht Essen, Ruhe und Schlaf. Das sehe ich euch deutlich an.«

Ein prächtig aufgezäumtes Pferd wurde gebracht, das sich feurig aufbäumte und tänzelte. Willige Hände halfen Amalric in den Sattel. Man hob das Mädchen zu ihm hinauf, und sie zogen südwärts, inmitten von drahtigen braunen Reitern in malerischen Lumpen. Viele trugen Tücher, die die untere Gesichtshälfte verbargen und nur die Augen freiließen.

»Wer ist das?« flüsterte Lissa, die die Arme um den Hals ihres Geliebten geschlungen hatte. Er hielt sie vor sich im Sattel.

»Conan, der Cimmerer«, antwortete Amalric. »Der Mann, mit dem ich nach der Niederlage der Söldnerarmee durch die Wüste gezogen bin. Das sind die Leute, die ihn niedergeschlagen haben. Ich habe ihn unter ihren Speeren zurückgelassen. Er schien tot. Und jetzt begegnen wir ihm, und er führt offenbar den Befehl über sie und genießt ihre Achtung.«

»Ein schrecklicher Mensch«, flüsterte sie.

Er lächelte. »Du bist noch nie einem weißhäutigen Barbaren begegnet. Er ist ein Abenteurer, ein Plünderer und Totschläger. Doch hat auch er seinen eigenen Moralkodex. Ich glaube, wir haben von ihm nichts zu befürchten.«

Im stillen war Amalric nicht ganz so sicher. Es ließ sich nicht bestreiten, daß er Conans Kameradschaft verspielt hatte, als er in die Wüste davongeritten war und den Cimmerer bewußtlos am Boden zurückgelassen hatte. Er hatte jedoch nicht wissen können, daß der Cimmerer noch gelebt hatte. Amalric wurde jedenfalls von Zweifeln geplagt. Conan selbst hielt seinen Gefährten immer eisern die Treue, was ihn nicht daran hinderte, die übrige Welt auszuplündern. Er lebte vom Schwert. Und Amalric überlief es kalt, als er sich ausmalte, was passieren mochte, wenn Conan Lissa begehrenswert fand.

Später, nachdem sie sich an Speise und Trank im Lager der Reiter gelabt hatten, hockte Amalric neben einem kleinen Feuer vor Conans Zelt. Die in einen Seidenumhang gehüllte Lissa schlummerte mit dem Kopf auf seinen Knien. Und ihm gegenüber spielte der Feuerschein auf Conans Gesicht und ließ Licht und Schatten wechseln.

»Wer sind diese Männer?« fragte der junge Aquilonier.

»Die Reiter von Tombalku«, antwortete der Cimmerer.

»Tombalku!« rief Amalric aus. »Also ist es kein Mythos!«

»Weit davon entfernt!« versicherte ihm Conan. »Als mein verdammtes Pferd mit mir umfiel, wurde ich bewußtlos geschlagen. Und als mein Bewußtsein wiederkam, hatten mich die Teufel an Händen und Füßen gebunden. Das brachte mich in Wut, also sprengte ich einige der Fesseln, mit denen man mich gebunden hatte. Doch man band mich genauso schnell wieder fest, wie ich sie zerreißen konnte — nie glückte es mir, eine Hand völlig freizubekommen. Doch meine Körperkraft schien ihnen der Beachtung wert . . .«

Amalric sah Conan wortlos an. Der Mann war so groß und breit wie Tilutan gewesen war, ohne das zusätzliche Fleisch des Schwarzen. Mit bloßer Hand hätte Conan das Genick des Ghanaters brechen können.

»Sie beschlossen also, mich in ihre Stadt zu schaffen, statt mich auf der Stelle zu töten«, fuhr Conan fort. »Sie dachten wohl, ein Mann wie ich würde unter der Folter nur sehr langsam sterben und ihnen damit zusätzlich Vergnügen bieten. Also band man mich auf ein ungesatteltes Pferd, und wir zogen nach Tombalku.

In Tombalku gibt es zwei Könige. Man führte mich ihnen vor — einem hageren braunhäutigen Teufel namens Zehbeh, und einem großen dicken Neger, der auf seinem Elfenbeinthron döste. Zehbeh fragte einen braunen Priester, einen gewissen Daura, was mit mir geschehen sollte, und Daura warf Würfel aus Schafsknochen und sagte, man sollte mir lebendigen Leibes vor dem Altar Jhils die Haut abziehen. Alle jubelten, und der Negerkönig erwachte.

Ich spuckte Daura an und verwünschte ihn saftig und mit ihm die Könige. Ich rief, wenn man mir schon die Haut abzöge, wollte ich vorher noch einen ordentlichen Bauch voll Wein. Ich verfluchte sie als Diebe, Feiglinge und Hurensöhne.

Daraufhin raffte sich der schwarze König auf, setzte sich aufrecht hin und starrte mich an. Dann stand er auf und rief: »Amra!« und ich erkannte ihn — es war Sakumbe, ein Suba von der Schwarzen Küste, ein fetter Abenteuerer, den ich aus meinen Piratentagen entlang der Küste sehr gut kannte. Damals hatte er mit Elfenbein, Goldstaub und Sklaven gehandelt und hätte den Teufel selbst um einen Eckzahn betrogen. Na, als er mich erkannt hatte, stieg der stinkende alte Teufel von seinem Thron, umarmte mich freudig und nahm mir eigenhändig die Fesseln ab. Dann verkündete er, ich wäre Amra, der Löwe und sein Freund, und mir dürfe kein Leid geschehen.

Daraufhin erhob sich eine große Debatte, weil Zehbeh und Daura meine Haut wollten. Doch Sakumbe rief nach seinem Hexenjäger Askia, und dieser kam — lauter Federn, Glöckchen und Schlangenhäute — ein Zauberer der Schwarzen Küste und

Sohn des Teufels, wenn es je einen gab.

Askia paradierte vor uns und sprach Beschwörungen und verkündete schließlich, daß Sakumbe der erwählte Ajujo sei, der Dunkle, und was er sagte, müsse gelten. Alle Schwarzen von Tombalku schrien, und Zehbeh mußte einen Rückzieher machen.

Denn die Schwarzen stellen in Tombalku die eigentliche Macht dar. Vor einigen Jahrhunderten drangen die Aphaki, eine shemitische Rasse, in den südlichen Teil der Wüste vor und gründeten das Königreich Tombalku. Sie vermischten sich mit den schwarzen Wüstenbewohnern, und das Ergebnis war eine braune, glatthaarige Rasse, die noch immer eher weiß als schwarz ist. Diese bildet in Tombalku die herrschende Kaste, doch sind sie in der Minderheit, und neben dem Aphaki-Herrscher sitzt immer ein schwarzer König auf dem Thron.

Die Aphaker hatten die Nomaden der südwestlichen Wüste besiegt und die Negerstämme der Steppen, die südlich davon liegen. Die meisten dieser Reiter sind zum Beispiel Tibu, aus stygischem und Negerblut. Andere sind die Bigharma, die Mindanga und die Borni.

Sakumbe also ist durch Askia der wirkliche Beherrscher von Tombalku. Die Aphaki verehren Jhil, aber die Schwarzen beten Ajujo den Dunklen und seine Sippe an. Askia ist zusammen mit Sakumbe nach Tombalku gekommen und hat die Verehrung Ajujos wiederbelebt, die unter den Priestern der Aphaki vernachlässigt worden war. Außerdem hat er einen eigenen Kult und betet Götter, Gott weiß welcher Greuel an. Askia betreibt schwarze Magie, die die Zauberkünste der Aphaker besiegte, und die Schwarzen bejubelten ihn als von den dunklen Göttern gesandten Propheten. Sakumbe und Askia nehmen an Macht zu, während Zehbeh und Daura auf dem absteigenden Ast sitzen.

Da ich Sakumbes Freund war und Askia für mich gesprochen hatte, empfingen mich die Schwarzen mit großem Beifall. Sakumbe hatte Kordofo, den General der Reiterei, vergiften lassen und gab mir nun dessen Kommando, was die Schwarzen entzückte und die Aphaki aufbrachte.

Tombalku wird dir sicher gefallen! Zur Ausbeutung durch Männer wie uns wie geschaffen! Dort gibt es ein halbes Dutzend mächtiger Parteien, die gegen einander Komplotte und Intrigen schmieden. In den Schenken und Straßen kommt es unausgesetzt zu Händeln, geheimen Morden und Konflikten aller Art. Und Frauen gibt es, Gold, Wein — alles was ein Söldner braucht! Und ich stehe hoch in Gunst und verfüge über Macht. Bei Crom, Amalric, du hättest zu keinem besseren Zeitpunkt auftauchen können! Aber was ist denn? Du scheinst nicht mehr so enthusiastisch, wie du nach meiner Erinnerung bei solchen Gelegenheiten zu sein pflegtest!«

»Ich bitte um Entschuldigung, Conan«, sagte Amalric. »Mein Interesse ist ungebrochen, aber Müdigkeit und Verlangen nach Schlaf überwältigen mich.«

Der Aquilonier dachte jedoch nicht an Gold, Weiber und Ränke, sondern an das Mädchen, das auf seinem Schoß schlummerte. Der Gedanke, sie in ein solches Gewirr von Intrigen und Blut zu bringen, wie Conan es geschildert hatte, erschien ihm keineswegs verlockend. Amalric hatte eine Wandlung durchgemacht, ohne daß er selbst es gemerkt hatte. Vorsichtig sagte er:

»Du hast eben jetzt unser Leben gerettet, wofür ich dir immer dankbar sein werde. Doch habe ich eigentlich keinen Anspruch auf deine Großzügigkeit, weil ich weggeritten bin und dich liegengelassen habe, so daß die Aphaki dich gefangennehmen konnten. Gewiß, ich hatte dich für tot gehalten, aber . . .«

Conan warf den Kopf zurück und lachte ein tiefes polterndes Lachen. Dann klopfte er dem Jüngeren mit einer Wucht auf den Rücken, die diesen fast zu Boden geworfen hätte. »Vergiß es! Ich hätte tot sein müssen, wenn es mit rechten Dingen zugegangen wäre. Und dich hätte man wie einen Frosch aufgespießt, wenn du versucht hättest, mich zu retten. Komm mit uns nach Tombalku und mach dich dort nützlich! Du hast unter Zapayo eine Reitertruppe befehligt?«

»Ja, das habe ich.«

»Also, ich brauche einen Adjutanten, der mir hilft, meine Leute auszubilden. Sie kämpfen wie die Teufel, aber völlig disziplinlos und jeder auf eigene Faust. Wir beide können richtige Soldaten aus ihnen machen. Wein her!« brüllte er.

3

Es war am dritten Tag nach Amalrics Begegnung mit Conan, daß die Reiter von Tombalku sich der Hauptstadt näherten.

Amalric ritt an der Spitze neben Conan, und dicht dahinter folgte Lissa auf einer Stute. Hinter ihnen trottete die Truppe in Zweierreihe. Lose weiße Gewänder flatterten im Wind, Zaumzeug klirrte, Sattelleder knarrte. Die untergehende Sonne beschien rötlich die Lanzenspitzen. Die meisten Reiter waren Tibu, doch stammten geringere Kontingente aus kleineren Wüstenstämmen.

Neben ihren einheimischen Sprachen beherrschten sie den vereinfachten shemitischen Dialekt, der den dunkelhäutigen Völkerschaften von Kush bis Zembabwei und von Stygien bis zum halbmythischen schwarzen Königreich Atlaians, weit im Süden, als gemeinsame Sprache diente. Vor vielen Jahrhunderten hatten shemitische Kaufleute das riesige Gebiet mit ihren Handelswegen erschlossen und hatten zugleich mit ihren Handelsgütern ihre Sprache gebracht. Und Amalric beherrschte ausreichend shemitisch, um sich mit den wilden Kriegern dieses trockenen Landes verständigen zu können.

Als die Sonne wie ein riesiger Blutstropfen auf den Horizont niedersank, tauchten vor ihnen Lichtpünktchen auf. Der Boden fiel vor den Reitern in einem sanften Hang ab und lief dann vor ihnen in eine Ebene aus. Auf dieser Ebene breitete sich eine große Stadt aus, die aus niedrigen Bauten bestand. Die Häuser waren aus braunen Lehmziegeln erbaut, so daß Amalric zunächst den Eindruck gewann, eine natürliche Erd- und Felsformation vor sich zu haben — eine Anhäufung von Klippen, Schluchten, Felsbrocken — und keine Stadt.

Am Fuße des Hanges erhob sich eine massive Ziegelmauer, die von den oberen Teilen der Häuser überragt wurde. Auf einem offenen Platz in der Stadtmitte glühten Lichter. Von dort drang ein tosendes Geräusch an die Ohren, das durch die große Entfernung gedämpft klang.

»Tombalku«, sagte Conan kurz und hob dann den Kopf, um besser zu hören. »Crom! Da ist etwas los. Beeilen wir uns!«

Er gab dem Pferd die Sporen. Der Trupp sprengte waffenklirrend den Abhang hinunter.

Tombalku stand auf einer keilförmigen Erhebung, inmitten ausgedehnter Palmenhaine, in denen Mimosen blühten. Die Erhebung befand sich über der Biegung eines träge dahinfließenden Flusses, in dem sich das Blau des Abendhimmels widerspiegelte. Jenseits des Flusses rollte das Land in grasbewachsenen

Savannen aus.

»Welcher Fluß ist das?« fragte Amalric.

»Der Jeluba«, entgegnete Conan. »Er fließt nach Osten. Manche behaupten, er fließe weiter durch Darfar und Keshan und münde in den Styx. Andere wieder sagen, er biege nach Süden ab und ergieße sich in den Zarkheba. Vielleicht werde ich eines Tages den Flußlauf entlangreiten, um mich selbst zu überzeugen.«

Die schweren Holztore standen offen, als die Reiter durchgaloppierten. Innerhalb der Mauern bewegten sich weißgekleidete Gestalten durch die engen, gewundenen Gassen. Die Reiter riefen ihren Bekannten Begrüßungsworte zu und prahlten mit ihrer Tapferkeit.

Conan drehte sich im Sattel um, erteilte einem braunen Krieger in scharfem Ton einen Befehl. Der Mann führte den Trupp ins Lager. Der Cimmerer, gefolgt von Amalric und Lissa, lenkte sein Pferd im Schritt zum Hauptplatz.

Tombalku erwachte gerade aus seinem Nachmittagsschlaf. Überall schleppten sich weißgekleidete, dunkelhäutige Gestalten durch den weichen Straßensand. Amalric war von der unerwarteten Größe dieser Wüstenmetropole betroffen und von dem widersprüchlichen Gemisch von Barbarei und Zivilisation, dem man hier überall begegnete. In weiträumigen Tempelhöfen, nur wenige Meter voneinander entfernt, tanzten bemalte und federgeschmückte Zauberdoktoren und schüttelten die geweihten Gebeine, intonierten dunkle Priester die Mythen ihres Volkes und stritten Philosophen über die Natur des Menschen und der Götter.

Als die drei Reiter sich dem Mittelplatz näherten, gingen sie unter in der Menge der Stadtbewohner, die alle in dieselbe Richtung strebten. Als die Straße allzu bevölkert wurde, öffnete Conan stimmgewaltig einen Weg für die Pferde.

Sie stiegen am Rande des Platzes ab und Conan warf die Zügel einem Mann zu, den er aus der Menge ausgewählt hatte. Dann drängte sich der Cimmerer zu den Thronen am entgegengesetzten Ende des Platzes durch. Lissa klammerte sich an Amalrics Arm, der sich im Kielwasser Conans durch die Menge schob.

Um den Platz waren Regimenter schwarzer Speerkämpfer aufgestellt, die ein riesiges Rechteck bildeten. Die Feuer, die an den Ecken flammten, beleuchteten die großen ovalen Schilde aus Elefantenhaut, die langen Speerspitzen, die Straußenfedern und Löwenmähnen des Kopfschmuckes, das Weiße der Augen und Zähne, das sich vom Schwarz der Haut abhob.

In der Mitte dieses leeren Rechteckes war ein Mann an einen Pfahl gebunden. Dieser Mann, bis auf einen Lendenschurz nackt, war untersetzt, muskulös, mit dunklen Gesichtszügen. Er zerrte an seinen Fesseln, während vor ihm eine hagere, fantastische Gestalt tanzte. Dieser Mann war schwarz, doch war seine Haut zum größten Teil von Malerei verdeckt. Der rasierte Kopf war so bemalt, daß er wie ein Totenschädel aussah. Die Insignien aus Federn und Affenpelz wippten, während er vor einem kleinen Dreifuß tanzte, unter dem ein Feuer schwelte, aus dem sich eine dünne gefärbte Rauchfahne erhob.

Hinter dem Pfahl erhoben sich zwei Thronsessel aus verzierten und bemalten Ziegeln, geschmückt mit bunten Glasstückchen. Die Armlehnen waren aus ganzen Elefantenzähnen. Diese Thronsitze standen auf einer Empore, zu der einige Stufen emporführten. Auf dem rechten Thron lümmelte eine riesige dicke schwarze Gestalt. Dieser Mann trug ein langes weißes Gewand und auf dem Kopf einen erlesenen Schmuck, der unter anderem aus einem Löwenschädel und einigen Straußenfedern bestand.

Der zweite Thron stand leer. Der Mann, dem er gebührte, hatte neben dem anderen Thron Aufstellung genommen. Es war ein magerer brauner Mann mit einem Falkengesicht, der wie der andere ein weißes Gewand trug, doch auf dem Kopf einen juwelenbesetzten Turban statt des Kopfschmuckes aus Gebeinen und Federn. Der Magere schüttelte die Faust gegen den Dicken und schrie auf ihn ein, während eine Gruppe von Thronwächtern unentschlossen den Streit der Könige beobachtete. Als Amalric, hinter Conan, nähergekommen war, konnte er die Worte des Mageren verstehen:

»Du lügst! Askia selbst hat dieses Schlangengeschenk geschickt, wie du es nennst, um sich einen Grund zu verschaffen, Daura zu ermorden. Wenn du diesem Unsinn nicht Einhalt gebietest, wird es Krieg geben! Wir werden dich, du schwarzer Wilder, Stück für Stück erschlagen!« Die Stimme des Dünnen erhob sich zu Geschrei. »Tu, wie ich sage! Gebiete Askai Einhalt, ansonsten, bei Jhil, dem Unbarmherzigen . . .«

Er langte nach seinem Krummschwert. Die den Thron umstehenden Wachen legten die Speere auf ihn an. Der dicke Schwarze lachte bloß in das wilde über ihn gebeugte Gesicht.

Conan, der sich durch die Reihe der Speerkämpfer gedrängt hatte, stürmte die Stufen zur Empore hinauf und warf sich zwischen die zwei Herrscher.

»Zehbeh, nimm die Hand vom Schwert!« knurrte er und wandte sich dann an den anderen. »Was geht hier vor, Sakumbe?«

Der schwarze König kicherte. »Daura sollte mich ausschalten, indem er mir Schlangen als Geschenk schickte. Huh! Vipern in meinen Laken, Nattern zwischen den Kleidern, Mambas, die von den Dachbalken baumeln. Drei meiner Frauen sind ihren Bissen erlegen, ganz abgesehen von mehreren Sklaven und Dienern. Durch göttliche Eingebung erfuhr Askia, daß Daura der Schuldige war, und meine Leute haben ihn inmitten seiner Zaubergesänge mit dem Beweis ertappt. Sieh da hinüber, General Conan: Askia hat eben die Geiß geschlachtet. Seine Geister können jeden Augenblick kommen.«

Conans Blick folgend sah Amalric hinunter auf den leeren Platz zum Pfahl mit dem gefesselten Opfer, vor dem eben eine Ziege verendete. Askia näherte sich dem Höhepunkt seiner Beschwörungen. Unter Sprüngen, Kapriolen und Knochengerassel steigerte sich seine Stimme zu einem Gekreische. Der vom Dreifuß aufsteigende Rauch wurde dichter, schlängelte sich und erglühte geisterhaft.

Über ihnen war die Nacht hereingebrochen. Die Sterne, die in der klaren Wüstenluft hell gefunkelt hatten, glühten nun trüb und rot. Ein roter Schleier schien über das Antlitz des aufgehenden Mondes gezogen zu sein. Die Feuer sanken zusammen und schwelten rötlich. Ein Sprachgestammel, keiner menschlichen Sprache zugehörig, wehte aus den oberen Luftschichten herab. Ein Geräusch, ähnlich dem Schlagen lederner Schwingen, erhob sich.

Askia stand aufrecht und ruhig mit ausgestreckten Armen da, den federgeschmückten Kopf zurückgeworfen, und stieß eine lange Beschwörung seltsamer Namen aus. Amalric standen die Haare zu Berge. Denn unter dem Schwall bedeutungsloser Silben hatte er dreimal den Namen Ollam-onga verstanden.

Dann quietschte Daura laut auf, als wolle er Askias Beschwörung zunichte machen. Amalric erkannte nicht mit Sicherheit, was da vorging, da ihm das seltsame Glühen vom Dreifuß her die Sicht nahm. Mit Daura, der sich wehrte und schrie, schien etwas vor sich zu gehen.

Um den Fuß des Pfahles, an den der Zauberer gebunden war, bildete sich eine Blutlache und wurde immer größer. Gräßliche Wunden erschienen am ganzen Körper, obwohl man nirgends die Ursache dieser Verletzungen sehen konnte. Die Schreie des Gefesselten sanken zu einem jämmerlichen Schluchzen herab und erstarben, obwohl sein Körper in den Fesseln zuckte, als zerre ein unsichtbares Wesen daran. Ein schwacher weißer Schimmer erschien inmitten der dunklen Masse, die Daura gewesen war, und dann noch einer und noch einer. Mit wachsendem Entsetzen wurde Amalric klar, daß diese weißen Dinger Gebeine waren . . .

Der Mond nahm wieder seinen gewohnten Silberschein an. Die Sterne erglänzten wie Juwelen, die Feuer auf dem leeren Platz flammten auf. Das heller werdende Licht zeigte ein Skelett, an den Pfahl gebunden, und eine Blutlache. Mit seiner hohen, wohltönenden Stimme sprach König Sakumbe:

»Dieser Schurke Daura ist nun erledigt. Und nun, was Zehbeh anlangt . . . Bei Ajujos Nase, wo ist der Schurke?«

Zehbeh war verschwunden, während die Augen aller auf das Drama am Pfahl gerichtet gewesen waren.

»Conan«, sagte Sakumbe, »sammle die Regimenter. Ich glaube nicht, daß mein Bruderkönig die Vorgänge dieser Nacht vorübergehen lassen wird, ohne einzugreifen.«

Conan zerrte Amalric nach vorn. »König Sakumbe, das ist Amalric, der Aquilonier, ein ehemaliger Waffenbruder. Ich brauche ihn als Adjutanten. Amalric, du bleibst mit deinem Mädchen lieber beim König, da du dich in der Stadt nicht zurechtfindest und in dem Kampf, der jetzt folgt, umkommen würdest, wenn du dich beteiligtest.«

»Ich bin erfreut, einen Freund des mächtigen Amra kennenzulernen«, sagte Sakumbe. »Conan, setz ihn auf die Besoldungsliste und mustere deine Krieger . . . Der Schuft Derketeo hat keine Zeit verloren. Sieh dort hinüber!«

Auf dem entfernten Ende des Platzes hatte sich Lärm erhoben. Conan sprang mit einigen Sätzen von der Empore und begann den Kommandanten der schwarzen Regimenter Befehle zuzurufen. Boten rasten davon. Irgendwo dröhnten und grollten tiefgestimmte Trommeln, geschlagen von den rosafarbenen Handflächen schwarzer Hände.

Ein Reitertrupp in Weiß kam in Sicht, der mit Lanzen und Krummsäbeln in die schwarzen Massen hieb. Vor diesem Ansturm zerstob die Reihe der schwarzen Speerkämpfer. Ein Mann nach dem anderen ging vor dem blitzenden Stahl zu Boden. König Sakumbes Leibwache schloß sich eng um die Empore mit den zwei Thronsitzen, einem leeren und dem anderen, von den gewichtigen Formen Sakumbes besetzt.

Zitternd hing Lissa an Amalrics Arm. »Wer kämpft gegen wen?« flüsterte sie.

»Das müssen die Aphaker Zehbehs sein«, erwiderte Amalric, »die versuchen, den schwarzen König zu erschlagen, damit Zehbeh Alleinherrscher werden kann.«

»Werden sie bis zum Thron vordringen?« fragte sie und wies auf kämpfende Haufen dunkler Figuren auf dem Platz.

Amalric zuckte die Achseln und sah zu Sakumbe hin. Offenbar unberührt lümmelte der Negerkönig auf seinem Thron. Er hob einen goldenen Becher an die Lippen und genehmigte sich einen Schluck Wein. Dann reichte er Amalric eine ähnliche Schale.

»Du mußt Durst haben, weißer Mann, nach einer langen Reise ohne Erfrischung und Ruhe«, sagte er. »Trink einen Schluck!«

Amalric teilte den Wein mit Lissa. Vom Platz her vermischte sich das Getrampel und Gewieher der Pferde, Waffengeklirr und die Schreie der Verwundeten zu einem schrecklichen Getöse. Um sich verständlich zu machen, sagte Amalric mit erhobener Stimme:

»Euer Majestät müssen sehr tapfer sein, da Ihr so wenig Furcht zeigt. Oder aber ...« Amalric verbiß sich das Ende des Satzes.

»Oder aber sehr dumm?« Der König lachte wohlklingend. »Nein. Ich bin nur realistisch. Ich bin viel zu dick, um einem geübten Kämpfer zu Fuß zu entkommen, und schon gar nicht einem Berittenen. Wenn ich also davonlaufe, wird mein Volk rufen, daß alles verloren ist, und es wird fliehen und mich den Händen der Verfolger überlassen. Wenn ich aber bleibe, besteht gute Aussicht, daß — ah, da kommen sie.«

Schwarze Krieger strömten auf den Platz und warfen das Gewicht ihrer Kraft in den Kampf. Und jetzt begann die berittene Truppe der Aphaker zurückzuweichen. Pferde wurden aufgespießt, bäumten sich auf und fielen auf ihre Reiter. Reiter wurden von starken schwarzen Armen von den Pferden gezerrt oder durch Speere aus dem Sattel geworfen. Nicht lange darauf ertönte schrill eine Trompete. Die restlichen Aphaker wandten ihre Pferde und galoppierten vom Platz. Das Getöse wurde leiser.

Und dann herrschte Stille, abgesehen vom Stöhnen der Verwundeten, die auf dem Pflaster des Platzes verstreut lagen. Schwarze Frauen kamen aus den Seitenstraßen, um unter den Gefallenen ihre Männer zu suchen, sie zu laben, falls sie noch am Leben waren, und sie zu beklagen, wenn sie tot waren.

Sakumbe saß ruhig auf seinem Thron und trank, bis Conan, mit dem blutigen Schwert in der Hand, gefolgt von einem Haufen federgeschmückter schwarzer Offiziere, über den Platz geschritten kam.

»Zehbeh und die meisten der Aphaker sind entkommen«, sagte er. »Ich mußte einigen deiner Krieger den Kopf einbeulen, um sie daran zu hindern, die Frauen und Kinder der Aphaker zu massakrieren. Wir könnten diese vielleicht als Geiseln gebrauchen.«

»Schon gut«, sagte Sakumbe. »Komm und trink.«

»Gute Idee«, sagte Conan und leerte einen Becher voll Wein. Dann blickte er auf den leeren Thron neben dem Thron Sakumbes. Der schwarze König folgte seinem Blick und grinste.

»Na?« sagte Conan. »Wie steht es damit? Bekomme ich ihn?«

Sakumbe kicherte. »Man kann sich darauf verlassen, daß du schmiedest, während das Eisen heiß ist, Conan. Du hast dich nicht verändert.«

Dann sprach der König in einer Amalric unverständlichen Sprache. Conan knurrte eine Antwort, und es folgte ein Wortwechsel in dieser unbekannten Sprache. Askia erklomm die Stufen zur Empore und mischte sich in die Debatte ein. Er redete eindringlich und schoß mißtrauische grimmige Blicke gegen Conan und Amalric ab.

Schließlich brachte Sakumbe den Zauberer mit einem scharfen Wort zum Schweigen und stemmte seine schwere Gestalt aus dem Thron. »Volk von Tombalku!« schrie er auf shemitisch.

Überall auf dem Platz wandten sich die Blicke der Empore zu.

Sakumbe fuhr fort: »Da der heimtückische Verräter Zehbeh aus der Stadt geflüchtet ist, steht einer der zwei Throne von Tombalku leer. Ihr habt gesehen, welch mächtiger Krieger Conan ist. Wollt ihr ihn als zweiten König?«

Nach einem Moment des Schweigens wurden einige wenige zustimmende Rufe hörbar. Amalric bemerkte, daß die Rufer Tibu-Reiter zu sein schienen, die Conan persönlich angeführt hatte. Die Rufe schwollen zu einem Beifallsgeheul an. Sakumbe stieß Conan auf den leeren Thron. Ein gewaltiger Aufschrei ertönte. Auf dem Platz, den man inzwischen von Leichen und Verwundeten gesäubert hatte, wurden die Feuer wieder angefacht. Wieder schlugen Trommeln, diesmal aber nicht zum Krieg, sondern zu einer wilden, die ganze Nacht tobenden Feier.

Stunden später, benommen von Wein und Müdigkeit, schleppte Amalric sich und Lissa unter Conans Führung durch die Straßen Tombalkus zu dem bescheidenen Haus, das er für sie gefunden hatte. Bevor sie sich trennten, fragte Amalric Conan:

»Was war der Inhalt des Gesprächs mit Sakumbe, in einer Sprache, die ich nicht verstehe — kurz vor deiner Inthronisation?«

Tief in Conans Kehle rumorte ein Lachen. »Wir sprachen in einem Küstendialekt, den diese Leute hier nicht verstehen. Sakumbe hat mir gesagt, wir würden als Doppelkönige gut auskommen, vorausgesetzt ich vergäße meine Hautfarbe nicht.«

»Was hat er damit gemeint?«

»Daß es mir nichts Gutes einbringen würde, wenn ich ihm seine Macht entrisse, weil die reinblütig Schwarzen jetzt hier die überwältigende Mehrheit haben und nie einem weißen König gehorchen würden.«

»Warum nicht?«

»Weil sie von marodierenden weißen Banden aus Stygien und Shem zu oft massakriert, ausgeplündert und versklavt worden sind, nehme ich an.«

»Und was ist mit dem Zauberer, mit Askia? Womit hat er Sakumbe bedrängt?«

»Er hat den König vor uns gewarnt. Er behauptet, seine Geister hätten ihm gesagt, wir würden die Ursache von Leid und Zerstörung in Tombalku sein. Doch Sakumbe hat ihm geraten, den Mund zu halten, und hat gesagt, er kenne mich besser. Daß er mir mehr vertraue, als er jedem Medizinmann vertraue.« Conan gähnte wie ein schläfriger Löwe. »Bring dein kleines Mädchen ins Bett, bevor sie im Gehen einschläft.«

»Und was ist mit dir?«

»Ich? Ich kehre um — das Fest hat doch eben erst begonnen!«

4

Einen Monat darauf zügelte der schweiß- und staubbedeckte Amalric sein Pferd und ließ seine Schwadron in einer letzten großen Attacke vorüberdonnern. Den ganzen Vormittag, so wie viele vergangene Vormittage, hatte er sie immer wieder in den Grundbegriffen zivilisierter Kavallerietaktik gedrillt: Vorwärts, Schritt! Vorwärts, Trab! Vorwärts, Galopp! Angriff! Wenden! Rückzug! Sammeln! Vorwärts, Schritt! Und so weiter, immer wieder.

Obwohl ihre Bewegungen noch zu wünschen übrig ließen, schienen die braunen Wüstenfalken allmählich zu begreifen. Zu Beginn hatte es viel Gemurr und saure Blicke wegen dieser merkwürdigen fremdländischen Kampfweise gegeben. Doch hatte Amalric mit der Rückendeckung durch Conan den Widerstand mit einer Kombination aus unbeirrbarem Gerechtigkeitssinn und straffer Disziplin überwunden. Und jetzt stand er im Begriff, eine schlagkräftige Kampftruppe aufzubauen.

»Das Signal zum Reihe bilden«, wandte er sich an den Trompeter an seiner Seite. Auf das Trompetensignal hin zügelten die Reiter ihre Tiere und sammelten sich unter viel Gestoße und Geﬂuche in einer Reihe. An Feldern vorbei, auf denen halbnackte schwarze Landfrauen in ihrer Arbeit innehielten, sich auf die Geräte stützten und ihnen nachsahen, trabten sie den Mauern von Tombalku entgegen.

In Tombalku angekommen, lieferte Amalric sein Pferd bei den Kavalleriestallungen ab und machte sich auf den Weg nach Hause. Als er sich dem Haus näherte, staunte er. Askia, der Zauberer, stand vor dem Haus und redete mit Lissa. Die Dienerin Lissas, eine Suba, stand im Eingang und lauschte.

»Was gibt es, Askia?« fragte Amalric in nicht eben freundlichem Ton, als er nähergekommen war. »Was machst du hier?«

»Ich wache über das Wohl Tombalkus. Aus diesem Grund muß ich Fragen stellen.«

»Ich mag es nicht, wenn fremde Männer in meiner Abwesenheit meiner Frau Fragen stellen.«

Askia lächelte. Es war ein schiefes, bösartiges Grinsen. »Das Schicksal der Stadt ist bedeutsamer als eure Vorlieben und Abneigungen, weißer Mann. Gehabt euch wohl bis zum nächstenmal.«

Mit wippenden Federn entfernte sich der Medizinmann. Stirnrunzelnd folgte Amalric Lissa ins Haus. »Was hat er wissen wollen?« fragte er.

»Ach, alles über mein Leben in Gazal und wie ich dich kennengelernt habe.«

»Was hast du ihm gesagt?«

»Ich habe ihm gesagt, welch ein Held du bist und wie du den Gott des roten Turmes getötet hast.«

Nachdenklich runzelte Amalric die Stirn. »Ich wünschte, du hättest es nicht verraten. Ich weiß nicht, warum, aber ich bin sicher, er will uns übel. Ich sollte deswegen zu Conan, gleich jetzt . . . Aber Lissa, du weinst ja!«

»Ich — ich bin so glücklich.«

»Warum?«

»Du hast mich als deine Frau anerkannt!« Ihre Arme lagen um seinen Nacken, als sie ihn mit Liebkosungen überschüttete.

»Aber, aber«, sagte er. »Ich hätte schon eher daran denken sollen.«

»Wir müssen ein Hochzeitsfest veranstalten, noch heute abend!«

»Natürlich! Aber inzwischen muß ich unbedingt Conan sehen —«

»Ach, das hat Zeit! Außerdem bist du staubig und müde. Du mußt essen und trinken und ausruhen, bevor du zu diesem schrecklichen Menschen gehst.«

Amalrics bessere Einsicht sagte ihm, daß er sofort zu Conan gehen sollte. Obzwar er die Zusammenkunft scheute. Denn er war zwar sicher, daß Askia üble Pläne gegen ihn schmiedete, hatte aber keine definitive Beweise gegen den Zauberer. Schließlich ließ er sich von Lissa überreden. Und mit Essen, Trinken, Baden, Lieben, Schlafen verging der Nachmittag. Die Sonne stand schon tief, als Amalric sich auf den Weg zum Palast machte.

König Sakumbes Palast war eine große abgeschlossene Anlage, aus braunen Lehmziegeln errichtet, wie alles in Tombalku. Er lag gleich neben dem Hauptplatz. Sakumbes Leibwächter kannten Amalric und geleiteten ihn rasch ins Palastinnere, wo dünne Bahnen getriebenen Goldes die Ziegelwände bedeckten und den roten Schein der untergehenden Sonne widerspiegelten. Er überquerte einen großen Innenhof, in dem es von Weibern und Kindern des Königs wimmelte. Sodann betrat er die Privatgemächer des Königs.

Dort fand er die zwei Könige von Tombalku, den weißen wie den schwarzen, sich auf Kissenbergen rekelnd, die auf einem großen kostbaren Teppich aufgetürmt waren, der wiederum einen Mosaikboden bedeckte. Vor jedem König lag ein Haufen von Goldmünzen aus vielen Ländern und neben dem Ellbogen eines jeden war ein großer Weinpokal. Ein Sklave stand mit einem Krug zum Nachschenken bereit.

Beide Männer hatten blutunterlaufene Augen. Sie hatten seit Stunden heftig gezecht. Auf dem Teppich zwischen ihnen lag ein Würfelspiel.

Amalric verbeugte sich förmlich. »Meine Herren —«

Conan sah trüben Blickes auf. Er trug einen edelsteinverzierten Turban, wie Zehbeh ihn getragen hatte. »Amalric! Laß dich nieder auf ein Kissen und würfle mit uns! Du kannst nicht mehr Pech haben als ich heute abend!«

»Mein Herr, ich kann mir wirklich nicht erlauben —«

»Ach, zur Hölle damit! Hier ist ein Einsatz für dich.« Conan nahm eine Faust voller Münzen von seinem Haufen und schleuderte sie auf den Teppich. Als Amalric sich auf den Boden niederließ, sah Conan, als wäre ihm plötzlich ein Gedanke gekommen, Sakumbe scharf an.

»Eines sage ich dir, Bruder König«, sagte er. »Jeder hat einen Wurf. Wenn ich gewinne, wirst du der Armee Befehl geben, gegen den König von Kush zu marschieren.«

»Und wenn ich gewinne?« fragte Sakumbe.

»Dann eben nicht, so wie es dir ohnehin lieber ist.«

Sakumbe schüttelte kichernd den Kopf. »Nein, Bruder König, so leicht fängt man mich nicht. Wir werden marschieren, wenn wir bereit sind, und nicht früher.«

Conan schlug mit der Faust auf den Teppich. »Was zur Hölle ist denn mit dir los, Sakumbe? Du bist nicht der gleiche wie in den alten Tagen. Damals warst du zu allen Abenteuern bereit, doch jetzt ist deine einzige Sorge Fressen, Saufen und Weiber. Was hat dich so verändert?«

Sakumbe rülpste. »In den alten Tagen, Bruder König, wollte ich König sein. Ich wollte, daß viele Menschen meinen Befehlen gehorchen, ich wollte Unmengen von Wein, Weibern und Essen. Das alles habe ich jetzt. Warum soll ich es in unnötigen Abenteuern aufs Spiel setzen?«

»Aber wir müssen unsere Grenzen bis an den Westlichen Ozean ausdehnen, um die Handelsstraßen, die von der Küste her kommen, in die Gewalt zu bekommen. Du weißt so gut wie ich, daß der Reichtum Tombalkus auf der Beherrschung über Handelswege beruht.«

»Und wenn wir den König von Kush besiegt und das Meer erreicht haben, was dann?«

»Ja, dann sollten wir unsere Armeen gegen Osten marschieren lassen und die Stämme der Ghanter unterwerfen und ihren Überfällen Einhalt gebieten.«

»Und dann wirst du zweifellos nach Norden oder Süden und immer weiter vordringen wollen. Mensch, sag mir eines: gesetzt den Fall, wir besiegen jedes Volk innerhalb von tausend Meilen um Tombalku und hätten mehr Reichtum als die Könige von Stygien. Was sollten wir dann tun?«

Conan gähnte und reckte sich. »Na, das Leben genießen, was sonst: uns mit Gold behängen, den ganzen Tag jagen und feiern, die ganze Nacht zechen und huren. Und dazwischen könnten wir uns gegenseitig Lügen über unsere Abenteuer auftischen.«

Wieder lachte Sakumbe. »Wenn das alles ist, was du willst — das alles tun wir doch jetzt auch! Wenn du mehr Gold, Essen, Trinken oder Weiber willst, dann bitte mich darum, und du wirst es bekommen.«

Conan schüttelte den Kopf, brummte etwas Unverständliches und runzelte erstaunt die Stirn. Sakumbe wandte sich an Amalric. »Und du, mein junger Freund, bist du gekommen, um uns etwas zu berichten?«

»Mein Herr, ich bin gekommen, um Conan um einen Besuch in meinem Haus zu bitten und meine Heirat mit meiner Frau zu bestätigen. Nachher wird er mir vielleicht den Gefallen tun und zu einem kleinen Imbiß bleiben.«

»Kleinen Imbiß?« sagte Sakumbe. »Das nicht, bei Ajujos Nase! Wir werden ein riesiges Gelage veranstalten, mit ganzen Bratochsen, Strömen von Wein und unseren Trommlern und Tänzern! Was sagst du, Bruder König?«

Conan rülpste und grinste. »Ich bin dabei, Bruder König. Wir werden Amalric ein Hochzeitsfest bereiten, daß er davon drei Tage lang nicht erwacht.«

»Da war noch etwas«, sagte Amalric, den die Aussicht auf ein Fest, wie es diese barbarischen Könige liebten, abstieß. Doch eine Ablehnung war unmöglich. Sodann berichtete er von Askias Fragen, die dieser Lissa gestellt hatte.

Die zwei Könige runzelten die Stirn, als er geendet hatte. Sakumbe sagte: »Amalric, du sollst Askia nicht fürchten. Man muß Zauberer zwar immer gut im Auge behalten, aber dieser ist mein hochgeschätzter Diener. Denn ohne seine Zauberkunst —« Sakumbe sah zum Eingang und fragte: »Was ist dein Begehr?«

Ein Leibwächter, der in der Tür stand, sagte: »O Könige, ein Späher der Reiter von Tibu will Euch sprechen!«

»Schick ihn herein«, sagte Conan.

Ein hagerer Schwarzer in zerlumpten weißen Gewändern trat ein und warf sich zu Boden. Als er niederfiel, erhob sich aus seinen Kleidern eine Staubwolke.

»Meine Herren!« keuchte er. »Zehbeh und die Aphaker marschieren gegen uns! Ich habe sie gestern in der Oase Kidessa gesichtet und bin die ganze Nacht geritten, um die Nachricht zu überbringen.«

Conan und Sakumbe, beide plötzlich völlig nüchtern, sprangen auf. Conan sagte: »Bruder König, das bedeutet, daß Zehbeh morgen hier sein kann. Gib den Befehl, daß die Trommeln zum Sammeln rufen!« Während Sakumbe einen Offizier hereinrief und ihm seine Befehle erteilte, wandte Conan sich an Amalric. »Glaubst du, du könntest die Aphaker auf ihrem Weg hierher überraschen und sie mit deinen Reitern zerschlagen?«

»Vielleicht«, sagte Amalric vorsichtig. »Sie sind uns zahlenmäßig überlegen. Aber ein paar tiefe Hohlwege im Norden sind für einen Hinterhalt sehr gut geeignet . . .«

5

Eine Stunde darauf, als die Sonne hinter den grauen Lehmziegelmauern von Tombalku unterging, bestiegen Conan und Sakumbe ihre Thronsessel auf der Empore auf dem Hauptplatz. Als die Trommeln zum Sammeln riefen, strömten schwarze Männer im wehrfähigen Alter auf den Platz. Lagerfeuer wurden entfacht. Federngeschmückte Offiziere befahlen den Kriegern, sich in Reih und Glied aufzustellen, und befühlten mit dem Daumen die Speerspitzen der Männer, um sich zu vergewissern, ob diese auch geschärft waren.

Amalric ging über den Platz, um den Königen zu melden, daß seine Berittenen bereit waren, um Mitternacht auszurücken. In seinem Kopf wimmelte es von strategischen Plänen: ob er, falls die Aphaker nicht beim ersten Gemetzel in die Knie gingen, den Kampf abbrechen und den Rückzug antreten sollte, um erst anzugreifen, wenn die Aphaker ihre Schlachtreihe aufgelöst hatten und abgestiegen waren, um die Mauern von Tombalku anzugreifen . . .

Er stieg die Stufen zu den Königen empor, die von schwarzen Offizieren umringt waren, denen sie Befehle erteilten. »Meine Herren —« setzte er an.

Ein Kreischen unterbrach ihn. Askia tauchte neben dem Thron auf, wies auf Amalric und schrie:

»Da ist er!« schrie der Zauberer. »Der Mann, der einen Gott getötet hat! Der Mann, der einen meiner Götter getötet hat!«

Die den Thron umstehenden Neger wandten Amalric erstaunte Gesichter zu. Im Feuerschein schimmerte das Weiß der Augen. Ihr Ausdruck war eine Mischung aus Ehrfurcht und Angst. Ganz klar, es war ihnen unbegreiflich, daß ein Mensch einen Gott töten konnte. Einer, der es getan hatte, mußte in gewisser Weise selbst ein Gott sein.

»Welche Strafe würde ausreichen, diesen Frevel zu sühnen?« fuhr Askia fort. »Ich verlange, daß der Mörder von Ollam-onga und seine Dirne mir zur Folter übergeben werden! Götter, die sollen Qualen erleiden, wie sie kein Sterblicher in Äonen je erduldet hat —«

»Ruhe!« brüllte Conan. »Wenn Amalric das Gespenst von Gazal getötet hat, dann ist die Welt besser dran als vorher. Verschwinde jetzt und hör auf, uns zu belästigen. Wir haben zu tun.«

»Aber Conan«, sagte Sakumbe.

»Diese weißhäutigen Teufel stecken dauernd beisammen!« schrie Askia. »Bist du überhaupt noch König, Sakumbe? Wenn ja, dann befehle, daß sie gefaßt und gebunden werden! Wenn du nicht weißt, was mit ihnen zu geschehen hat —«

»Aber —« sagte Sakumbe.

»Hör zu!« rief Conan. »Wenn Gazal von diesem sogenannten Gott nicht mehr heimgesucht wird, könnten wir die Stadt erobern, die Bewohner in unsere Dienste zwingen und sie dazu bringen, daß sie uns ihre Gelehrsamkeit übermitteln. Aber zunächst schaffe diesen prahlerischen Hexer fort, bevor ich meine Klinge an ihm erprobe!«

»Ich verlange —!« schrie Askia.

»Weg mit ihm!« brüllte der Cimmerer, die Hand am Schwertgriff. »Bei Crom, glaubst du, ich würde einen alten Gefährten wie Amalric der Gnade eines Teufelsanbeters und Halsabschneiders ausliefern?« Schließlich gab Sakumbe sich einen Ruck und setzte sich aufrecht hin. »Askia, geh jetzt! Amalric ist ein kühner Krieger. Du sollst ihn nicht bekommen. Widme dich lieber einem Zauber, mit dem man Zehbeh besiegen kann.«

»Aber ich —«

»Geh!« Der fette Arm wies ihm seinen Weg.

Askia schäumte vor Wut. »Also gut, ich gehe. Aber ihr werdet von mir hören, ihr zwei.« Und damit stürmte der Medizinmann davon.

Amalric fuhr in seinem Bericht über die Tibu-Reiter fort. Wegen des dauernden Kommens und Gehens von Boten und Offizieren, die über die Stärke ihrer Truppen Meldung erstatteten, dauerte es einige Zeit, ehe er seinen gesamten Plan dem König dargelegt hatte. Conan machte einige Vorschläge und sagte dann:

»Sieht ganz gut aus, finde ich, nicht wahr, Sakumbe?«

»Wenn es dir gefällt, Bruder König, muß es gut sein. Geh jetzt, Amalric, und sammle deine Reiter — *auuu*!« Plötzlich brach ein gräßlicher Schrei aus Sakumbe, dem die Augen aus dem Kopf zu springen schienen. Er stand taumelnd vom Thron auf und faßte nach seiner Kehle. »Ich verbrenne! Ich verbrenne! Rettet mich!«

Am Körper Sakumbes vollzog sich ein schreckliches Phänomen. Obwohl man keine sichtbaren Anzeichen von Feuer entdecken konnte und keine Hitze spürte, sah man eindeutig, daß der Mann tatsächlich brannte, so als wäre er über brennenden Reisigbündeln an einen Pfahl gebunden. Seine Haut warf Blasen, verkohlte und platzte auf, während die Luft sich mit dem Geruch verbrannten Fleisches füllte.

»Gießt Wasser über ihn!« rief Amalric. »Oder Wein! Was zur Hand ist!«

Ein Schrei nach dem anderen entrang sich der gepeinigten Kehle des schwarzen Königs. Jemand übergoß ihn mit einem Eimer Flüssigkeit. Ein Zischen und eine Dampfwolke — aber die Schreie hörten nicht auf.

»Crom und Ishtar!« fluchte Conan, der sich wütend umsah. »Ich hätte den tanzenden Teufel töten sollen, als er noch in Reichweite war.«

Die Schreie wurden leiser und verstummten endlich. Die Reste des Königs — eine zusammengeschrumpfte formlose Masse, ohne Ähnlichkeit mit dem lebenden Sakumbe — lagen in einer Lache geschmolzenen menschlichen Fettes auf der Empore. Einige der federgeschmückten Offiziere flohen in panischem Schrecken. Andere warfen sich zu Boden und riefen ihre Gottheiten an.

Conan packte Amalrics Handgelenk in einem knochenzermalmenden Griff. »Wir müssen hier weg, rasch!« sagte er leise und erregt. »Komm mit!«

Amalric bezweifelte nicht, daß Conan die drohenden Gefahren falsch einschätzte. Er folgte Conan die Stufen der Empore hinab. Auf dem Platz unter ihnen herrschte völliges Durcheinander. Krieger liefen rufend und gestikulierend umher. Da und dort war es zu Raufhändeln gekommen.

»Stirb, du Mörder Kordofos!« erhob sich eine Stimme über das Getöse. Direkt vor Conan holte ein großer dunkler Mann aus und schleuderte einen Speer aus einer Entfernung, die sicheres Ziel verhieß. Nur seine große Behendigkeit rettete Conan. Der Cimmerer drehte und duckte sich, so daß das Geschoß über ihn hinwegsauste, Amalrics Kopf nur um Fingerbreite verfehlte und sich in den Leib eines anderen Kriegers bohrte.

Der Angreifer holte abermals aus, um einen zweiten Speer zu schleudern, doch bevor er ihn loslassen konnte, fuhr Conans Schwert surrend aus der Scheide, wirbelte im Feuerschein in einem roten Bogen auf und traf sein Ziel. Der Angreifer sank, von der Schulter zum Brustbein gespalten, zu Boden.

»Lauf!« rief Conan.

Amalric folgte ihm und drängte sich durch die wimmelnde Menge auf dem Platz. Männer schrien und zeigten auf die zwei. Einige liefen ihnen nach.

Die Straße wurde enger und machte eine Biegung. Plötzlich verschwand Conan vor Amalric. »Hier herein, rasch!« ertönte die Stimme des Cimmerers, der sich durch eine schmale Öffnung zwischen zwei Lehmziegelhäusern gezwängt hatte.

Amalric drängte sich in die Nische. Nach Atem ringend, sah er die wilde Jagd der Verfolger vorbeistürmen.

»Noch einige von Kordofos Sippe«, murmelte der Cimmerer in der Finsternis. »Sie haben ihre Speere für mich geschärft, seit Sakumbe Kordofo los wurde.«

»Und was machen wir jetzt?« fragte Amalric.

Conan sah hinauf zu dem schmalen sternenerleuchteten Streifen Himmels über ihnen. »Ich glaube, wir könnten hinauf auf die Dächer klettern«, sagte er.

»Wie?«

»So wie ich als Junge in Cimmeria einen Felskamin erklommen habe. Hier, halte das für mich.«

Conan reichte Amalric einen Speer, und Amalric sah, daß er von dem Mann stammte, den er getötet hatte. Die Waffe hatte eine schmale Spitze aus weichem Metall, die in einer feingezackten Schneide auslief. Unter dem Handgriff war ein schlanker Eisenschaft als Gegengewicht zur Spitze.

Conan brummte leise, stemmte den Rücken gegen eine Wand und die Füße gegen die andere und arbeitete sich Zoll für Zoll hinauf. Bald wurde er zu einer schwarzen Silhouette, die sich gegen das Sternenlicht abhob. Dann verschwand er. Leise kam der Ruf: »Reich den Speer herauf und komm nach.«

Amalric reichte ihm den Speer hinauf und arbeitete sich ebenfalls Zoll um Zoll hinauf.

Die Dächer bestanden aus Holzbalken, mit einer dicken Palmblätterschicht und darüber eine Lehmschicht. Stellenweise gab der Lehm unter ihren Füßen nach, und das Rascheln der Palmzweige darunter war zu hören.

Amalric überquerte hinter Conan einige Dächer und übersprang die Lücken dazwischen. Es dauerte einige Zeit, bis sie ein

Gebäude von beträchtlicher Größe am Rand des Platzes erreichten.

»Ich muß Lissa herausholen«, sagte Amalric verzweifelt und voller Angst.

»Nicht alles auf einmal«, knurrte Conan. »Wir möchten schließlich erfahren, was vorgeht.«

Der Wirbel auf dem Platz hatte sich ein wenig gelegt. Die Offiziere hatten ihre Truppen noch einmal in Reih und Glied antreten lassen. Auf der Thronempore stand Askia im vollen Ornat des Medizinmannes und redete. Obwohl Amalric nicht alles verstehen konnte, war es klar, daß der Zauberer den Tombalkanern einredete, welch ein großer und weiser Führer er ihnen sein würde.

Ein Geräusch zu Amalrics linker Hand zog seine Aufmerksamkeit auf sich. Zuerst nur ein Gemurmel, wie der Menschenlärm auf dem Platz, dann schwoll es zu einem Gebrüll an. Ein Mann stürzte auf den Platz und rief Askia zu: »Die Aphaker stürmen die Ostmauer!«

Und dann herrschte wieder Chaos. Die Kriegstrommeln dröhnten. Askia brüllte Befehle nach rechts und links. Ein Regiment schwarzer Speerkämpfer verließ in Reih und Glied den Platz und marschierte zur Ostmauer. Conan sagte:

»Am besten, wir verlassen Tombalku. Welche Seite auch gewinnen wird, man wird hinter unsrer Haut her sein. Sakumbe hatte recht. Diese Menschen werden einem Weißen nie gehorchen. Lauf zu deinem Haus und hole dein Mädchen. Beschmiert eure Gesichter mit Ruß aus dem Herd. So wirst du in der Dunkelheit weniger auffallen. Nimm soviel Geld mit, wie du tragen kannst. Ich werde dich dort unten mit Pferden erwarten. Wenn wir uns beeilen, gelangen wir noch durch das Westtor hinaus, bevor man es schließt oder die Aphaker es stürmen. Aber bevor ich gehe, bleibt mir noch eine kleine Aufgabe.«

Conan starrte über die ungeordneten Reihen schwarzer Krieger zu Askia hinüber, der auf der Empore noch immer schrie und redete. Er hob den Speer.

»Ein weiter Wurf, aber ich glaube, daß ich es schaffe«, murmelte er.

Der Cimmerer trat zurück und nahm einen kurzen Anlauf. Kurz vor der Dachkante hielt er an und schleuderte mit mächtigem Ausholen und elastischer Körperdrehung die Waffe. Der Wurfspieß verschwand aus Amalrics Sicht in der Dunkelheit. Drei Herzschläge lang fragte er sich, wohin er verschwunden sein mochte.

Plötzlich schrie Askia auf, geriet ins Schwanken und taumelte. Der lange Schaft ragte aus seiner Brust und wippte im Rhythmus der Zuckungen des Zauberers. Als der Magier zusammenbrach, sagte Conan voller Verachtung: »Gehen wir!«

Amalric lief und sprang von Dach zu Dach. Im Osten steigerte sich der Kampflärm zu einem Gewirr von Schreien, Trommelschlägen, Trompetenstößen und Waffengeklirr.

Es war noch nicht Mitternacht, als Amalric, Lissa und Conan ihre Pferde auf einem sandigen Höhenrücken eine Meile östlich von Tombalku zügelten. Sie sahen zurück zur Stadt, die nun von dem düsteren Schein der Brandschatzung erleuchtet wurde. Da und dort waren während des Kampfes Brände aufgeflackert, als die Aphaker über die Ostmauer schwärmten und die schwarzen Lanzenträger in den Straßen zum Kampf stellten. Obwohl letztere in der Überzahl waren, gerieten sie durch das Fehlen eines Anführers so ins Hintertreffen, daß ihre barbarische Art der Kriegsführung sich nicht durchsetzen konnte. Die Aphaker drangen immer weiter in die Stadt vor, während sich die Feuer zu einem Brandfanal vereinigten.

Von der Anhöhe aus war der gräßliche Lärm des Kämpfens und Mordens nur als Gemurmel zu hören. Conan brummte:

»Das war also Tombalku! Wer auch gewinnen mag, wir müssen unser Glück woanders suchen. Ich will zur Küste von Kush, wo ich Freunde habe — auch Feinde — und wo ich ein Schiff nach Argos bekommen kann. Und du?«

»Darüber habe ich noch nicht nachgedacht«, sagte Amalric.

»Ein wohlgestaltes Füllen führst du mit dir«, sagte Conan grinsend. Das Licht des aufgehenden Mondes schimmerte auf seinem starken weißen Gebiß, das sich von seiner rußgeschwärzten Haut abhob. »Du kannst das Mädchen nicht durch die ganze weite Welt schleppen!«

Amalric jagte der Ton des Cimmerers einen Schauer über den Rücken. Er rückte näher an Lissa heran und legte einen Arm um ihre Mitte, während seine freie Hand nach dem Schwertgriff faßte. Conans Grinsen wurde breiter.

»Keine Angst«, sagte er. »Ich war noch nie so knapp an Frauen, daß ich bei meinen Freunden Anleihen machen mußte. Wenn ihr beide mitkommt, könnt ihr euch nach Aquilonien durchschlagen.«

»Ich kann nicht zurück nach Aquilonien«, sagte Amalric.

»Warum nicht?«

»Mein Vater wurde in einem Streit mit Graf Terentius erschlagen, der bei König Vilerus in Gunst steht. Alle aus der Sippe meines Vaters mußten fliehen vor den Häschern des Terentius.«

»Ach, du weißt es also noch gar nicht?« sagte Conan. »Terentius starb nach einem halben Jahr. Jetzt ist sein Neffe Numedides König. Alle Günstlinge des alten Königs wurden abgesetzt, heißt es, und die Ausgewanderten hat man zurückgerufen. Das habe ich von einem Händler aus Shem erfahren. An deiner Stelle würde ich nach Hause eilen. Der neue König müßte dir doch eine entsprechende Stelle anbieten können. Nimm deine kleine Lissa mit und mach aus ihr eine Gräfin oder dergleichen. Was mich betrifft — ich will nach Kush, ans blaue Meer.«

Amalric sah sich nach dem roten Schein um, der über Tombalku glühte. »Conan«, sagte er, »warum hat Askia Sakumbe vernichtet und nicht uns? Der Konflikt mit uns ging doch viel tiefer.«

Conan zuckte die breiten Schultern. »Vielleicht hatte er abgeschnittene Fingernägelreste und dergleichen von Sakumbe vorrätig und nicht von uns. Also hat er gezaubert, was möglich war. Die Gedanken von Zauberern waren mir immer ein Rätsel.«

»Und warum hast du dir die Zeit genommen, Askia zu töten?«

Conan starrte ihn an. »Du scherzest wohl, Amalric? Ich soll den Mord an einem Gefährten ungesühnt lassen? Sakumbe, verdammt sei seine schwarze Haut, war mein Freund! Auch wenn er im Alter fett und träge wurde, war er ein besserer Mensch als die meisten Weißen, die ich kenne.« Der Cimmerer seufzte tief und schüttelte den Kopf wie ein Löwe seine Mähne. »Was soll's, er ist tot, und wir leben. Wenn wir weiterleben wollen, müssen wir zusehen, daß wir weiterkommen, bevor Zehbeh einen Suchtrupp nach uns ausschickt. Also los!«

Die drei Pferde mühten sich den Westhang der Sanddüne hinunter und verfielen dann in einen flotten Trab, der sie nach Westen brachte.

John Jakes

DAS MÄDCHEN IM MEERSTEIN

John Jakes, 1932 in Chicago geboren, hat an der Ohio State University studiert und war in den vergangenen zehn Jahren als Verfasser von Werbetexten tätig. Zur Zeit lebt er mit seiner Familie in Dayton, Ohio.

Fünfzehn Jahre lang hat Jakes hin und wieder Science Fiction und *heroic fantasy* geschrieben. »Das Mädchen im Meerstein« stammt aus einer Serie, in der Brak der Barbar die Hauptrolle spielt. Diese Serie hat der Autor für FANTASTIC STORIES geschrieben.

Braks Abenteuer ereignen sich in einer unserer Welt parallelen. Im Norden liegen die Steppen des Wilden Landes, aus denen Brak vertrieben wird und sein Glück im Süden versucht, im mächtigen Reich Khurdisan. Dazwischen liegen Hunderte kleinerer Königreiche. Die bekannte Welt wird im Westen von Bergen begrenzt, welche die Säulen von Ebon genannt werden, im Osten von den Bergen des Rauchs, hinter denen die Wiege der Götter liegen soll.

Obgleich die kleinen Königtümer ihre eigenen nationalen Gottheiten haben, ist die Welt im ganzen ein Schlachtfeld zwischen den Dienern des bösen Gottes Yob Haggoth, dessen Hohepriester der Zauberer Septegundus ist, und dem Kult des Namenlosen Gottes. Letzteren vertreten die Nestorianer, deren Name nicht von dem im fünften Jahrhundert lebenden syrischen Bischof Nestorius unserer eigenen Welt stammt, sondern von dem ekstatischen Ziegenhirten Nestoriamus in der Welt Braks. Nestoriamus lebte einige Jahrhunderte vor Brak und büßte bei der Verkündigung der Lehre des Namenlosen Gottes sein Leben ein.

Der gelbhaarige Barbar hatte nur kurz und unruhig geschlafen, als die dunklen Scharen der Zwerge sich zu ihm hineinstahlen.

Der Laden des großen Herbergsfensters öffnete sich knarrend. Ein knollenartig mißgebildeter Kopf hob sich in der Öffnung gegen das Sternenlicht ab. Dann ein zweiter und ein dritter.

Leise, affenartige Schritte huschten über die Dachziegel. Ein halbes Dutzend kleiner Gestalten sprang vom Dach in den Hof vor dem Fenster, dann ein weiteres halbes Dutzend, bis es schien, als würde es in der Sternennacht winzige Gestalten regnen. Zwergenhände umklammerten das Fensterbrett. Und dann war der erste drinnen. Sein Seidenumhang blähte sich auf wie eine Fledermaus.

Einsam und müde nach dem mehrere Tage dauernden Ritt durch das Bergland, hinunter zum Hafen am purpur-schäumenden Meer, hatte Brak der Barbar in der leeren Herberge munter gezecht. Er hatte seine letzten paar Dinshas für Wein verschwendet, und der Wein hatte seinen Tribut verlangt. Brak lag der Länge nach ausgestreckt auf einem Tisch und bewegte sich stöhnend im alptraumgeplagten Schlaf, als die Zwerge auf winzigen Füßen durchs Fenster sprangen und durch die verstohlen geöffnete Tür hereineilten.

Braks gelber Zopf und ein muskulöser Arm hingen vom Tisch. Genau unter seinen ausgestreckten Fingern lag umgekippt ein leerer Weinpokal. Die riesige Brust hob und senkte sich im Rhythmus seines unregelmäßigen Atems. Er war breitschultrig und bis auf einen Lendenschurz aus Löwenhaut um die Hüften nackt. Ein großes breites Schwert glänzte neben seinem mächtigen Schenkel.

Die Zwerge versammelten sich um den Tisch wie Trauernde um eine Bahre. Der Anführer der Gruppe beugte sich nieder. Er faßte nach dem heruntergefallenen Weinpokal. Mit einem kleinen Sprung schleuderte er ihn gegen die Dachsparren.

»Er erwacht«, quietschte der Anführer. »Messer heraus!«

Der Pokal fiel mit Geklapper zu Boden. Brak setzte sich auf. Er rieb sich die Augen. Kalte und quälende Höllenangst packte ihn und drang bis in sein Inneres.

Die Zwerge faßten nach der Tischkante und zogen sich daran hoch. Mit einem lauten Wutschrei versuchte Brak die kleinen umhüllten Gestalten, die hart auf seiner Brust landeten, abzuschütteln. Im Sternenlicht, das durch das Fenster drang, sah er silbrig-weißes Metall glänzen. Heftig drehte er den Kopf zur Seite. Ein Messer, geführt von einer winzigen Hand, bohrte sich neben seinem Ohr ins Holz.

Und noch mehr Zwerge schwärmten über ihm aus. Brak stemmte unter Aufbietung aller Kraft seinen Körper empor. Winzige Leiber purzelten hinunter.

Brak sprang vom Tischgestell. Um seine Beine wisperte die Luft, als Zwergenhände Messer sausen ließen. Er zog das mächtige breite Schwert aus der Scheide und hob es mit beiden Händen über den Kopf.

Und dann hielt er inne. Zwerge lispelten leise und kreischten unverständlich.

Nicht ein einziges Mal traf eine Klingenspitze der Zwerge seine Haut. Es war, als würden sie ihn absichtlich verfehlen.

»Weg da!« brüllte Brak. »Ich warne euch — bleibt weg, oder ich zerhacke euch!«

Dieser Ausruf war eine Konzession des Barbaren an das Schuldgefühl, bei der Aussicht, sein Schwert auf Menschen niedersausen zu lassen, die um so viel kleiner waren als er. Das kam ihm beinahe unfair vor. Die Zwerge kreischten teuflisch, und die Dolche, die sie wild schwangen, blitzten. Doch der Stahl ritzte kein einziges Mal seine Haut.

Brak fragte sich, ob er immer noch schlafe und in einem Alptraum gefangen wäre. »Das Fenster!« zirpte einer der Zwerge.

Er machte auf seiner Ferse eine Drehung, sprang hinauf an den Rahmen des Fensterladens und krümmte sich im Sternenlicht.

»Laßt ihn!«

Wie Insekten oder Pestratten vollzogen die Zwerge ihren Rückzug — so flink wie ihre Ankunft.

Brak rieb sich die Augen, stürzte an die Tür und dann hinaus auf den Hof. Die Zwergengilde, ein Dutzend, zwei Dutzend, war schon über die Dachziegel davon und auf der anderen Hausseite verschwunden. Die Schenke stand mit der Rückseite an einer hohen Mauer. Auf der anderen Seite hörte Brak leiser werdendes Zwergengetrappel.

Sein Pferd, das er in einer Hofecke angepflockt hatte, stampfte und schnaubte. »Ein Licht!« murmelte Brak. »Wo zum Shaitan kann eine Laterne sein?«

Er polterte lautstark ins Innere der Schenke. Aus dem Obergeschoß tönte eine Stimme herunter. »Was geht da unten vor? Mußt du unbedingt Krach schlagen, Fremdling?«

»Stemm dich gefälligst hoch von deinem Strohsack, Wirt, und komm herunter!« rief Brak.

Er erspähte neben einem großen Weinfaß, das auf Bohlen ruhte, eine Blendlaterne. Bis er Funken geschlagen und die Laterne entzündet hatte, war der einfältige schmutzige Wirt in seinem Nachtgewand erschienen.

»Ich hörte ein Durcheinander«, sagte der Wirt gereizt. »Schon wieder Plünderer? Ach, wir haben seit zwei Wochen nichts als Aufruhr und Raub in den Straßen, seitdem die Erde bebte und Groß-Tyros sich vor der Küste aus den Wellen erhob.« Der Wirt bückte sich. »Sind das Mäusespuren?« Er deutete auf die winzigen Fußspuren im Dreckboden.

»Eine Horde kleiner Mörder ist eingeschwärmt und hat sich auf mich gestürzt«, sagte Brak. »Warum, das wissen nur die Götter.«

»Kleine Meuchelmörder?«

»Zwergen-Menschen.«

Der Wirt wurde rot. »Ihr seid noch immer betrunken. Hütet eure Zunge vor sündhaften Reden!«

Brak, der diese Bemerkung nicht begriff, knurrte: »Es ist aber wahr. Da war eine ganze Horde, mit Messern bewaffnet, mit denen sie aus irgendeinem Grund nicht trafen.« Hastig erzählte Brak die ganze Begebenheit.

Auf dem Gesicht des Wirtes mengte sich Entsetzen und langsames Begreifen. »Wollt Ihr, daß man Euch an den Fersen aufhängt? Behaltet diese trunkene Vision für Euch, oder Ihr werdet Euch wünschen, nie in diese Stadt geritten zu sein.«

Jetzt wurde Brak ärgerlich. »Leugnest du das Vorhandensein dieser Spuren?«

Der Wirt sah zu den Dachsparren hinauf. »Ich sehe nichts, Fremdling.«

»Im Namen sämtlicher Teufel!« brüllte Brak und stürzte vor, um den Mann zu packen.

Schreiend sprang der Wirt zurück. »Fremdling, im Hafenkönigreich von Klein-Tyros sind die einzigen Zwerge jene, die die Livree des Königs Archimedes von den Weißen Segeln tragen, jenes Herrn, der vom tödlichen Fieber befallen krank im Palast liegt. Man hängt bereits den Trauerflor an Monumente und Dächer, als Vorbereitung für sein Dahinscheiden. Wenn Unheil und Trauer uns befallen, werdet Ihr sicher nicht wagen, das Gefolge des Königs zu beschuldigen, es nütze die Dunkelheit zum Plündern.«

»Die kleinen Männchen stehen im Dienste eures Königs?« fragte Brak erstaunt.

»Ja. Ich wiederhole, in Klein-Tyros gibt es keine anderen. Deswegen tut Ihr gut daran, zu sagen, Ihr hättet nichts gesehen, egal, was Ihr auch gesehen haben möget.«

»Verdammt will ich sein! Ich sah eine Gruppe kleiner Teufel, die —«

»Ihr habt nichts gesehen, wenn Ihr noch weitere Sonnenuntergänge erleben wollt«, wiederholte der Wirt und lief zurück in seine Kammer.

Wütend stieß Brak sein breites Schwert zurück in die Scheide. Er trat hinaus unters blasser werdende Sternenlicht.

Dieses verfluchte Königreich war mit mehr ausgesuchten Narrheiten behaftet, als sie ihm je während seiner langen Reise begegnet waren — von den hohen Steppen im Norden, den wilden Gebieten, die seine Heimat waren. Unter dem Zwang, sein Glück in den milden Gebieten Khurdisans weit im Südwesten zu suchen, hatte er zugelassen, daß die Hufe seines Pferdes ihn durch zerklüftete Berge in den verfallenen Hafen Klein-Tyros trugen.

Vor Tagen, während er noch durch die erwähnten Berge ritt, hatte Brak gespürt, wie die Erde zitterte. Er hatte gesehen, wie von den Bergspitzen Felsbrocken gebrochen waren. Bei seiner Ankunft in Klein-Tyros, nachdem er in der verlassenen Schenke Quartier genommen hatte, hatte er erfahren, daß das umliegende Gebiet von einem der ab und zu auftretenden Erdstöße heimgesucht worden war, die in vergangenen Jahren Ursache gewesen waren, daß die ursprüngliche Stadt Groß-Tyros unter den Wellen der purpur-gischtigen See versunken war. Das jüngste Beben hatte den Meeresboden wieder in Bewegung gebracht. Als Folge davon durchstießen nun eine Anzahl von grün-purpurschimmernden Türmchen und Giebeln vor der Küste das Wasser und war deutlich zu sehen. Brak selbst hatte von einem der Hügel, auf denen Klein-Tyros erbaut war, die glitschigen, schlammgezierten Türme bei Sonnenuntergang gesehen.

Ein Teil von Groß-Tyros, Heimat von Meer-Herrschern und abenteuernden Kaufleuten, sei vor zwei Wochen, als die Erde bebte, einfach wieder aufgetaucht, hatte der Wirt gesagt. Ein Teil eines ebenfalls versunkenen Dammes, der hinaus zu den Ruinen führte, sei auch wieder aufgetaucht. Die Naturkatastrophe hätte eine Welle nächtlicher Plünderungen ausgelöst, und als Krönung aller übrigen Heimsuchungen dieser Stadt sei der Herrscher Archimedes von den Weißen Segeln, ein paar Tage darauf von der königlichen Seuche befallen worden. Palastwahrsager hätten seinen baldigen Tod vorausgesagt.

Brak, der sich alle diese merkwürdigen Umstände durch den Kopf gehen ließ, überhörte dabei völlig das Klirren vom Zaumzeug und Waffen auf der Straße vor der Mauer. Als er aufsah, wurden die Tore aufgestoßen. Offiziere mit Brustplatten aus getriebenem Messing, Hellebarden und Laternen in der Hand drangen in den Hof.

Einige stürzten ins Haus und kamen mit einem Sack aus grober Leinwand wieder, den sie sogleich öffneten.

»Hier, Kommandant«, rief ein Soldat. »Das hat schlecht versteckt unter dem Tischgestell gelegen.« Eine Faust fuhr in den Sack und holte ein großes Goldtablett hervor. Dann folgten ein edelsteinbesetzter Pokal und ein zweites Tablett.

Düstere Ahnungen drängten sich in Braks Gehirn. Er legte die Hand an den Schwertgriff. Der Kommandant drehte sich um und kam mit ausgestrecktem Finger auf ihn zu.

»Haltet ihn. Nach seinem Aussehen zu schließen, ist er ein Fremder. Er hat sich nicht einmal die Mühe gemacht, seine Beute zu verstecken.«

Rasch bildete sich ein Ring von scharfen und blitzenden Hellebarden um den Barbaren. Der Kommandant kam näher heran.

»Heute nacht wurden die Vorratsgewölbe des Palastes von einem Dieb entweiht«, sagte er. »Und es scheint, als hätten wir diesen Dieb jetzt gefaßt. Besser wäre es gewesen, du hättest deine Beute genommen und wärst auf und davon, du Tölpel. Denn jetzt entgehst du deiner Strafe nicht. Nehmt seine Waffen und führt ihn ab!«

Der Überfall durch die Zwergenschar ergab jetzt einen bösen Sinn. »Das ist eine schlechte Komödie!« rief Brak. »Dieser Sack gehört mir nicht! Den hat eine Horde kleiner Männer hier gelassen, die —«

»Stopft dem Lügner das Maul und packt ihn«, unterbrach ihn der Kommandant. Ein Hellebardenstiel traf Brak seitlich gegen den Kopf.

Murrend wich der hochgewachsene Barbar zurück. Er ließ sein Breitschwert zischend herausfahren. Wild war sein Gesicht. Der lange gelbe Zopf schwang hin und her, als er sich zum Kampf duckte.

Ein Soldat sprang von links herbei. Brak begriff jetzt, warum die Zwerge nicht angegriffen hatten. Das war nicht ihre Aufgabe gewesen. Im Zorn stieß er seinen rechten Arm vor und richtete das Breitschwert auf die Kehle des angreifenden Soldaten.

Gegen seinen Hinterkopf schlug ein Hellebardenstiel. Dann noch einer und wieder einer.

Das Breitschwert, das seinen tödlichen Hieb nicht hatte führen können, fiel Brak aus der Hand. Er drehte sich um die eigene

Achse, fluchte und schlug um sich. Es waren zu viele. Er fiel um.

Brak wurde mit Schnüren gefesselt, und über ein Pferd geworfen. Aus dieser unwürdigen Lage konnte er sehen, daß der Befehlshaber der Truppe dem tölpelhaften Wirt eine Börse in die Hand drückte. Der Wirt war inzwischen in der dunklen Öffnung der Schenkentür erschienen und lächelte dreckig.

So war man also vorgegangen, dachte Brak voller Ingrimm, als der Trupp sich durch die dunklen Straßen in Bewegung setzte. Hufe klapperten, Fackeln flammten. Der Schankwirt hatte Ausschau nach einem möglichen Opfer gehalten und den Palast benachrichtigt. Wozu brauchte der Palast überhaupt ein Opfer?

Und von welcher Art waren die Könige, die über Klein-Tyros herrschten, wenn sie zu solchen Täuschungen Zuflucht nahmen?

Brak wußte es nicht. Er wußte nur, daß seine Lage schrecklich und sein Breitschwert weg war.

Während die Pferdehufe über die hügeligen Straßen klapperten, erhaschte Brak einige Male einen flüchtigen Blick auf die aufgetauchten Türme von Groß-Tyros am Ende des halbverfallenen Dammes. Dann nahmen ihm die Palastmauern jede Sicht.

Der Palast von Klein-Tyros war eine große Anhäufung von Steingebäuden direkt am Hafen, in dem es von verrotteten, verfallenen Handelsschiffen wimmelte, die vom seefahrerischen Abstieg des Königreiches Zeugnis ablegen. Brak wurde auf einen riesigen Hof geschleppt, wo bereits Trauerfahnen flatterten. In einer riesigen gewölbten Halle wurde er ganz unzeremoniell auf die Füße gestellt. Vor den Fenstern der Halle schimmerten wieder die Türme von Groß-Tyros und erglühten unheimlich im Sternenlicht.

Die Soldaten lösten seine Fesseln. Brak blieb fügsam stehen, entschlossen, die weitere Entwicklung abzuwarten.

Ein Gong ertönte. Die Soldaten zogen sich zurück. Riesige Tore schlossen sich. Die schrillen Totenklagen, von Klageweibern in höchsten Tönen vorgetragen, widerhallten als Echo in den langen Gängen, immer wieder, ohne ein Ende zu finden.

Hinter einem filigrangeschmückten Wandschirm trat ein Mädchen hervor. Sie war porzellanzart, allein und unbewaffnet.

Sie schritt hocherhobenen Hauptes einher. Ihr Gewand war aus dem reichen Purpurmaterial, das in Tyros erzeugt wurde. Brak hatte dergleichen schon auf fernen Märkten gesehen. Auf ihrem rabenschwarzen Haar trug sie einen Goldreif, verziert mit Symbolen der Tierkreiszeichen. Sie war jung, üppig, königlich, mit meergrünen Augen. Sie besah sich Braks Schultern, seine wilden Züge, den langen Zopf und seinen Löwenfellschurz. Sie lächelte.

»Hat man dir dein Schwert zurückgegeben?«

»Mir —?« staunte Brak offenen Mundes. »Nein, gnädige Herrin. Und wenn, dann werde ich ein oder zwei Kehlen durchschneiden, das verspreche ich.«

Das Mädchen lachte. Sie nahm auf einem Diwan Platz und wies auf eine Amphore. »Bitte, trink etwas Wein, damit sich dein Zorn legt. Es blieb uns keine andere Wahl. Wir mußten die Palastzwerge ausschicken, die einen Sack voller Tafelgold hinlegten, damit wir dich als Verbrecher festnehmen konnten. Jetzt aber besteht nicht mehr die Notwendigkeit zu streiten oder sich häßlich zu benehmen — solange du dir jedenfalls deine Lage vor Augen hältst. Denn das Verbrechen, dessen man dich beschuldigt, wird damit bestraft, daß man dich an den Fersen aufhängt, den Kopf über glühenden Kohlen, bis du gesotten oder erdrosselt bist. Es gibt allerdings einen Ausweg. Bitte, bediene dich mit dem Wein.«

Obwohl er an seiner Wut fast erstickte, mußte Brak lachen. Das Weib verfügte über eine gute Portion Unverschämtheit.

Er nahm die Amphore und trank daraus, ohne sich um einen Pokal zu kümmern. Er wischte mit dem Unterarm über den Mund. »Ich heiße Brak. Da Ihr mein Schicksal so säuberlich in die Hand genommen habt, könnt Ihr mir wenigstens die Ehre antun, mir Euren Namen zu nennen.«

»Marjana«, sagte sie. »Mein Vater Archimedes von den Weißen Segeln liegt im Sterben. Ich werde ihm auf den Thron folgen, wenn die Krankheit ihren Verlauf genommen hat.«

»Ihr —« Brak machte eine Handbewegung. »Ihr werdet dieses Königreich regieren?«

»Sehr bald, ja. Zu diesem Zweck brauche ich Hilfe. Die Hilfe meiner jüngeren Schwester. Eine Frau allein kann dieses widerspenstige Reich voller Schurken und Seeräuber nicht beherrschen. Das ist der Grund, warum ich dich dorthin schicken muß, wohin kein Mann meines Gefolges zu gehen wagt — oder die Kraft dazu hat, wie ich fürchte. Du mußt zum Meerstein gehen. Du mußt meine jüngere Schwester Mardela zurückbringen, falls sie noch lebt, so daß sie ihren Platz neben mir einnehmen und mir beim Regieren beistehen kann.«

Braks Miene verfinsterte sich. »Was ist dieser Meerstein, von dem Ihr sprecht?«

»Ein großer Edelstein, blau wie das Meer. Einst glühte er an einem Ehrenplatz über dem Thron der Ahnen meines Vaters, der Könige, die Groß-Tyros regierten.«

»Wo ist dieser sagenhafte Stein?«

Langsam hob Marjana die Hand und wies anmutig hinaus. »Da draußen?«

Braks Blick folgte ihrer Fingerspitze. Er runzelte die Stirn. Denn sie hatte durch das offene Fenster, hoch über die verfallenden Schiffe im Hafenbecken hinweg gedeutet und auf die schlammigen, merkwürdig phosphoreszierenden Türme von Groß-Tyros gezeigt, die sich aus den purpurnen Wellen erhoben. Bevor Brak etwas sagen konnte, fuhr Marjana fort:

»In meiner Kindheit gab es am Hofe meines Vaters einen Magier, der hinter seinem Rücken Ränke schmiedete. Als mein Vater dies entdeckte, befahl er, den Zauberer zu bestrafen, ihn hinzurichten. Bevor es dazu kam, verbrannte der Zauberer heilige Pulver und zeichnete Zauberlinien auf den Boden seiner Gemächer. Meine jüngere Schwester Mardela verschwand. Bevor er unter entsetzlichen Foltern starb, sagte der Zauberer, daß er Mardela in ewigen Schlaf versenkt habe. Sie wäre im Meerstein im Palast von Groß-Tyros, das schon seit langem unter den Wellen versunken war, eingekerkert.

Erst vor einem halben Mond hat das Land hier, wie du sicher weißt, wieder gebebt und sich gehoben. Die Chroniken berichten, daß ein ähnliches Beben vor langer Zeit Groß-Tyros versenkt hätte. Und jetzt ragen die Türme wieder hervor. Zum Teil jedenfalls. Wenn also Mardela wirklich da draußen im Meerstein gefangen ist, weder tot noch lebendig, während all der langen Jahre, dann bedarf es nur eines mächtigen Schwertschlages, um den Stein zu zerschmettern und sie zu befreien.«

»Schickt Eure eigenen Leute«, knurrte Brak.

Sie schüttelte den Kopf. »In Groß-Tyros spukt es. Auch wenn man ihnen märchenhafte Belohnungen bietet oder mit Todesstrafe droht, wird keiner der Soldaten gehen. Wir haben einen starken Mann gesucht, der diese Aufgabe übernimmt. Hin und zurück ist es höchstens ein Weg von einer Stunde. Sollte sich

Mardela nicht im Stein befinden — falls der Zauberer gelogen hat —, kann man eben nichts machen. Doch wenn sie im Stein schlummert — tatsächlich ist sie spurlos verschwunden, als der Zauberer seinen Bann aussprach —, dann möchte ich sie an meiner Seite haben, damit sie mir bei der Regierung beisteht, wenn mein Vater seinen letzten Atemzug getan hat. Wenn du dich weigerst, dann wirst du noch vor Sonnenuntergang jene Strafe erleiden, die für das Verbrechen vorgesehen ist, dessen man dich beschuldigt.«

Brak nagte an seinen Lippen. »Euer Vertrauen in mich sollte mir schmeicheln. Das ist aber nicht der Fall.«

Marjana zuckte die Achseln. »Das ist deine Sache. Die Wahl wird dir wohl nicht schwerfallen.« Einen Augenblick lang flammte in ihren Augen eine Wärme auf, daß es Brak wohlig überrieselte. »Ich habe noch andere Belohnungen zu bieten, Brak.«

»Das ist mir klar.« Er schwieg. »Also gut. Ich gehe auf den Handel ein.«

Da lächelte Marjana, und ihre Lippen schimmerten im Fakkelschein. »So rasch entschlossen?«

Brak zuckte die Achseln. »Meine Börse ist leer. Wenn mir Erfolg beschieden ist, werden mich hundert Dinshas auf meinem Weg nach Khurdisan rasch weiterbringen. Lehne ich aber ab, dann werde ich nie erfahren, welches Schicksal mich jenseits des Horizonts erwartet.«

»Das ist richtig. Du würdest an den Fersen hängend sterben, wie ein gemeiner Verbrecher!«

»Wenigstens gebt Ihr offen zu, daß Ihr Zwang anwendet!«

Jetzt erhob sich Marjana und kam langsam auf ihn zu, umwallt von Purpurgewändern. »Wenn du zurückkehrst, Barbar, werde ich freundlich im Übermaß sein, so wie ich im Übermaß grausam wäre, hättest du dich geweigert. Ich habe meine jüngere Schwester überaus geliebt. Wenn es möglich ist, möchte ich, daß sie mir wiedergeschenkt wird.«

Brak, der eine unfreiwillige Bewunderung für das Mädchen unterdrücken mußte, sagte: »Laßt mir ein reiches Mahl bereiten mit viel Wein, und dann gönnt mir einige Stunden Ruhe. Es war eine lange Nacht, Prinzessin Marjana, voll unerwarteter Wendungen.«

Marjana streckte die Hand aus und berührte seine Wange.

»Da wäre noch eine Gefahr.«

»Nach so vielen Gefahren, die Ihr mir enthüllt habt, kann ich es mir nicht vorstellen.«

»Die Höllenarme«, sagte sie.

Brak lief es kalt über den Rücken. »Was ist das?«

»Eine Sagengestalt vielleicht, doch die Fischer behaupten, sie hätten ihn — oder es — gesehen. Ein großes schwarzes Ungeheuer mit vielen peitschenartigen Armen. Es treibt zwischen den versunkenen Türmen. Es soll zehnmal größer als ein Mensch sein.« Spöttisch fügte sie hinzu: »Hast du etwa Angst?«

Die Höllenarme! Der Name hallte in Braks Gedächtnis nach wie ein dunkler Akkord. Die Höllenarme.

»Ein Narr wäre ich, wenn ich nicht Angst hätte. Doch ich bin schon früher den Dämonen dieser Welt gegenübergetreten.«

»Dann nimm dies.« Aus ihrem Gürtel zog Marjana ein Tuch von besonders dunkler weinfarbener Seide, marmoriert und gesprenkelt, mit einem kleinen weißen Fleck in einer Ecke. »Mein eigener roter Schal, als Zeichen meiner guten Wünsche für den Erfolg.« Und sie band das Seidentuch um die leere Scheide seines Breitschwertes.

Der Auftrag war erteilt. Sie stellte sich auf die Zehenspitzen und küßte ihn warm, ja wollüstig auf den Mund.

Brak hielt sie an den Schultern fest und lachte. Er wußte nicht, ob er sie als ränkeschmiedende schlaue Füchsin verdammen oder sie bewundern sollte, weil sie ihre Macht so offen einsetzte. Herrscher waren doch seltsame Tiere. Und gewiß war die Welt, die er durchstreifte, voll seltsamer Herrscher jeder Art. Wenn sie ihre jüngere Schwester zurückhaben wollte und dafür hundert Dinshas zahlte, wäre er ein Narr gewesen, es nicht zu versuchen, besonders wenn man die Alternative in Betracht zog.

Als Marjana ihre Zwerge mit einem Händeklatschen herbeirief, wurde Braks Blick von den glitschigen Türmen draußen vor dem Fenster angezogen, die jetzt in der trügerischen Dämmerung heller schimmerten. War alles nur ein meerversunkener Traum, der Meer-Stein, in dem die junge Prinzessin gefangen war, und die Höllenarme, die in den Tiefen schwebten? Er würde es früh genug erfahren.

»Hier hinaus, hier hinaus, großer Herr«, zirpte einer der Zwerge und geleitete Brak hinaus. Mit verwundertem Kopfschütteln trottete der Barbar in eines der Palastgemächer davon.

Bei Mondaufgang in der nächsten Nacht geleiteten Marjana und zwei Zwerge Brak immer weiter hinunter durch labyrinthartige Gänge zu einem nagelbeschlagenen Tor tief im Innern des Palastes. Nach innen geöffnet, gab die Tür den Blick auf das purpurne Brackwasser des Hafens frei. Ein Stechkahn stieß gegen die Steinfundamente.

Wortlos nahm Brak sein Breitschwert von einem der Zwerge in Empfang.

»Kehre mit Mardela sicher zurück, und das Schwert wird nie mehr von deiner Seite weichen«, rief Marjana, als Brak in den Kahn stieg. Er legte ab und nahm die Stange zu Hilfe, um sich abzustoßen.

Licht strahlte in den Türmen von Klein-Tyros auf dem Festland. Doch die Türme von Groß-Tyros, die hinter den verfaulenden Schiffsrümpfen lagen, zwischen denen Brak durchstakte, waren dunkel. Der Nachtwind blies schneidend, das Meer war ein weit gewölbter Schimmer von silbriger Dunkelheit. Die Luft roch und schmeckte salzhaltig.

Brak stand breitbeinig im Kahn und stakte mit aller Kraft. An seiner Schwertscheide flatterte Marjanas weinfarbener Schal. Plötzlich hatte er den letzten der großen Kauffahrer hinter sich gelassen. Der Kahn bewegte sich im freien Gewässer und dann auf den wieder aufgetauchten Damm zu, dessen Abbruchende sich vor ihm erhob.

Je näher Brak kam, desto höher ragten die feinkannelierten Spitztürme der Bauwerke aus dem Meer auf. Der Kahn stieß an den verfallenen Damm. Brak legte an und befestigte die Fangleine in einem Spalt der Dammblöcke. Er erklomm die glitschigen Steine und hielt dabei den Blick starr geradeaus gerichtet.

Weit entfernt, am Ende des Dammes, gähnte ein riesiger Torbogen. Brak, der in einer Hand ein Stück harziges Holz hielt und mit der anderen nach dem Schwert tastete, bewegte sich auf den Bogen zu. Er selbst eine winzige Gestalt unter den düsteren Riesendimensionen der Türme, die mit großen grünen Ranken von Seegewächsen geschmückt waren. Je näher Brak den Bauten kam, desto stärker wurde der Geruch von dumpfer Fäulnis.

Als er dem dräuenden Torbogen ganz nahe gekommen war, hielt Brak inne. Er schlug Funken und brachte schließlich die Fackel in der windigen Luft zum Brennen. Der Wind heulte, sang und kreischte, als er den Bogen durchschnitt, der eigentlich eine Öffnung in der ehemaligen Stadtmauer war.

Er ging über einen weiteren hofartigen Platz, der gepflastert war mit gigantischen Marmorblöcken, ungenau aneinandergefügt und in merkwürdigen Winkeln zueinander geneigt. Einige Blöcke waren völlig verrottet. Durch diese Öffnungen drang das Purpurwasser ein und bildete Lachen. Brak hegte den Verdacht, daß ein Netzwerk von Unterwasserkanälen unter den hinfälligen Bauten verlief.

Vor ihm erhob sich ein riesiges, imposantes, vieltürmiges Bauwerk. Breite Stufen führten zum Eingang empor. Als Brak eben diese Stufen erklimmen wollte, lenkte eine merkwürdige zukkende Strahlung seine Aufmerksamkeit auf sich.

Blitzschnell drehte er sich um. Das Licht flackerte und verschwand in einer der Lachen, die durch fehlende Pflastersteine aus der Tiefe heraufdrangen.

Brak bekam Gänsehaut. Einen schrecklichen angstvollen Augenblick lang hatte er die Vorstellung, daß unten in der Lache ein großes gelb-gepunktetes Auge von unmenschlicher Größe zu ihm aufgesehen hatte.

Brak blieb am Fuß der Treppe stehen und fluchte leise. Der Wind, der um das Gebäude strich, hatte seine Fackel ausgeblasen. Er mühte sich ab, neue Funken zu schlagen. Die Luft war zu feucht. Er warf den halbverkohlten Holzstab weg. Dann zog er das Breitschwert. Das leise Sirren von Eisen auf Eisen ertönte.

Er ging zwischen zwei Säulen hindurch und mußte blinzeln. Vor ihm war ein schwacher perlblauer Schimmer zu sehen. Vorsichtig, auf jeden Schritt achtend, bewegte sich Brak in dem Palast der Dunkelheit auf die schmale, vertikale, flammenartige Bläue zu.

Plötzlich prallte er gegen feuchtes, wasserkaltes Metall. Er war gegen große Türflügel gestoßen. Die bläuliche Strahlung drang durch den schmalen vertikalen Spalt zwischen den Türflügeln. Brak steckte sein Schwert weg, legte seine Handflächen gegen die Türen und drückte. Er ächzte vor Anstrengung. Die schweren Türen aus Metall gaben nur wenig nach.

Er beugte den Nacken. Die riesigen Muskeln in seinen Schultern zuckten und spielten. Plötzlich gab der rechte Türflügel nach. Brak taumelte in ein Lodern blauen Lichtes.

Er fing sich gerade noch rechtzeitig, um nicht über einen Steinsims ins Wasser zu fallen.

Vor Anstrengung keuchend, hob Brak den Kopf. Er befand sich in einem gewaltigen Gewölbe, dessen Wände mit fantastisch gefärbten Friesen geschmückt waren, auf denen die mächtigen Schiffe der Seefahrer-Könige von Groß-Tyros dargestellt waren. Die Wasserfläche darunter, in der sich Braks Spiegelbild kräuselte und blau reflektiert wurde, war in Wirklichkeit der überflutete mittlere Teil des Bodens eines Thronsaales. Nur einige Bodenfliesen waren unten in den purpurnen Tiefen zu sehen. Die bläuliche Strahlung tat den Augen Braks weh. Trotzdem hob er den Kopf. Bei dem Anblick, der sich ihm auf der entgegengesetzten Seite des Saales bot, sprangen ihm fast die Augäpfel heraus.

Ein massiver, golden verzierter Thronsessel stand schief auf einem erhöhten Pflasterblock. Darüber, eingebettet in die Steinwand und fünfmal größer als Brak, erstrahlte der Meerstein.

Es war ein riesiger durchscheinender Edelstein mit tausend oder mehr Facetten, tiefblau und kühl wie ein friedlicher ruhiger Ozean. Und darin eingeschlossen eine menschliche Gestalt. Die Gestalt eines jungen unbekleideten Mädchens, vollkommen unversehrt.

Ihr Kopf war wie im Schlaf nach vorn gebeugt. Die Hände hielt sie vor dem Körper gefaltet und verbarg somit auch ihre Brust. Ihr Haar war silberweiß, so wie sie da in ihrem kristallblauen Kerker hoch über Braks Haupt hing.

»Also ist es doch wahr«, flüsterte er. »Mardela im Meerstein.«

Er fühlte neuen Mut, obwohl das Mädchen, hinter ihrer blauwandigen Katakombe leblos aussah. Rasch sah sich Brak in der Höhle um.

Er konnte den abgesunkenen Boden nicht überqueren, weil dieser praktisch nicht mehr existierte. Doch konnte er sich den Weg zur entgegengesetzten Wand bahnen, indem er sich auf dem schmalen Sims, auf dem er jetzt stand, weitertastete. Er wollte seine Aufgabe wenn möglich rasch hinter sich bringen. Die Schatten des Raumes, gepaart mit dem blauen Licht des Steines, der Jahrhunderte lang in unirdischer Strahlung unter der Meeresoberfläche geleuchtet haben mußte, zerrten an seinen Nerven.

Sorgfältig auf seine Füße achtend, begann er auf dem Steinsims, sich an der Wand entlangzutasten. Auf halbem Weg schrak er zusammen. Er drehte den Kopf nach rechts.

Die Wasseroberfläche in der Mitte des Raumes kräuselte sich, geriet in Bewegung. Blasen stiegen auf. Tief, tief unten sah er ein gelbes Aufblitzen, das sofort wieder verlöschte.

Brak riß sein Schwert heraus. Er lief die Wand entlang zu dem sonderbar geneigten Thronsessel. Hatte er die Höllenarme gesichtet? War es dasselbe Auge, das ihn schon einmal beobachtet hatte? Gab es zwischen den Grundfesten Durchgänge, durch die ein Untier schwimmen und in denen es das Nahen der Beute abwarten konnte?

Still wie der Tod lag das weißhaarige Mädchen im Inneren des Edelsteines. Brak stellte rasch eine Berechnung an. Er erklomm die Armlehnen des goldenen Thrones. Die Strahlung des Edelsteins war so hell, daß es ihm fast die Sicht raubte. Brak umklammerte mit beiden Händen sein Schwert. Als er ausholte, stieß er ein stilles flehentliches Gebet zu den unbekannten Göttern aus und ließ die Klinge mit der ganzen Kraft seines mächtigen Körpers niedersausen.

Die Wucht riß ihn fast vom Thron. In der Meinung, er hätte versagt, holte er zum nächsten Schlag aus. Plötzlich jedoch zeigte sich ein sternförmiger Riß in einer der unteren Facetten des Edelsteins.

Wie Spinnweben aus Eis dehnte sich der Riß blitzschnell zu einer Vielzahl von Sprüngen aus, und mit donnerndem Krach und Geklirr zerfiel der Meerstein in große scharfkantige Stücke, die prasselnd herunterregneten.

Brak zog instinktiv den Kopf ein. Eines der Bruchstücke stieß ihn vom Sessel und riß mit der scharfen Kante seine linke Schulter auf. Einen Augenblick später lag er benommen auf dem Rücken, und Blut rann über seinen Arm.

Brak stand auf. Die Angst ließ seinen Atem schneller gehen. Das Riesenoval in der Wand, in dem der Meerstein gefaßt gewesen war, gähnte nun leer. Der Wind blies durch die Öffnung. Und überall funkelten wie auf einer Kristallwiese große scharfkantige Stücke des Meersteines. Jedes Bruchstück strahlte blaues Licht aus. Der Thronsaal war zu einem Flickwerk aus sich überschneidenden, blendenden Strahlen und Geglitzer geworden.

Brak taumelte vorwärts. Er schnitt sich den Knöchel an einer Scherbe auf, die ihm im Weg lag. Ein anderes großes Stück, das auf dem Steinsims schwankte, fiel herunter, plumpste ins Wasser und versank in der wäßrigen Mitte des Raumes. Hinter einem anderen Bruchstück des Steines, einem Bruchstück, das so breit war wie Brak groß, lag feucht eine Strähne Silberhaar.

Sicher hatte der Fall sie getötet, falls sie nicht schon vorher tot gewesen war. Brak lief um das Steinstück herum. Er unterdrückte einen erstaunten Aufschrei.

Das Mädchen Mardela lag auf der Seite, vom Silberhaar wie einem schimmernden Gewand umgeben. Ein Steinsplitter hatte sie in die Wade geschnitten. Aus der kleinen Wunde sickerte Blut.

Brak streckte die Hand aus und faßte nach der Schulter des Mädchens. Sie stöhnte leise. Brak preßte die Lippen auf ihre Wange und spürte, wie sich das Fleisch unter der Berührung seines Mundes erwärmte. Sie hatte also im Meerstein geschlafen, vom Fluch des Zauberers gebannt. Mardela war nicht tot. Brak drehte sie behutsam um, um sie aufzuheben und aus dem Saal und den Ruinen von Tyros fortschaffen zu können. Dabei sah er zum erstenmal deutlich ihr Gesicht.

Feine Fältchen umgaben Mardelas geschlossene Augen mit den porzellanzarten Lidern. Sie war keine alte Frau, doch war sie auch kein junges Mädchen. Braks Miene verdüsterte sich. Er witterte ein übles Ränkespiel.

Etwas Schwarzes, Dickes, Gallertartiges, rund wie der ganze riesige Torso, ringelte sich um Braks Bein, auf dem er kniete. Brak sah hinunter und schrie auf.

Eine rosige, saugerartige Öffnung, so breit wie sein Arm lang war, schimmerte und pulsierte auf der Unterseite des schwarzen Dinges, das sich nun um sein Bein wand.

Die Öffnung berührte sein Fleisch, Brak legte den Kopf zurück und schrie in Todesangst auf, als die Saugöffnung die Haut an seinem Bein abzuziehen begann.

Wie wahnsinnig holte Brak mit seinem Breitschwert aus. Er ließ es hinter sich niedersausen. Das Geräusch plötzlich aufspritzenden Wassers war zu hören. Als seine Klinge den Greifarm durchhieb, wurde die Saugöffnung an seinem Bein schlaffer. Brak kämpfte sich von der schleimigen schwarzen Röhre frei, die sich um ihn gewickelt hatte, und sprang auf die Beine, genau in dem Augenblick, als die Höllenarme sich aus ihrem Unterwasserlager erhoben.

Beim Anblick des Ungeheuers, das sich aus den Tiefen unter der alten Stadt schwerfällig durch das Wasser nach oben schob, drohte Brak den Verstand zu verlieren. Mittelpunkt seines Leibes war eine riesige schwarze, abstoßend schimmernde, breiige, kuppelförmige Masse, beinahe zehnmal größer als Brak. Diese Leibesmitte schob sich schwankend immer höher empor, dem Dach entgegen, während ein Riesengreifarm nach dem anderen aus dem Wasser auftauchte und über den Rand des Steines glitt, auf dem Brak stand. Zwei riesige böse Augen, gelbgesprenkelt, ohne Pupillen, flammten in der Kuppel, welche die Leibesmitte bildete.

Die Höllenarme schienen über Dutzende von peitschenartigen Greifarmen zu verfügen. Einer schlängelte sich auf Braks Schwert zu und züngelte in der Luft nur eine Handbreit von jener Stelle entfernt, um die Marjanas weinfarbener Schal geknotet war. Die Sauger des Greifarmes öffneten und schlossen sich und stießen pfeifende Sauggeräusche mit wahnwitziger Geschwindigkeit aus. Die Saugöffnungen der anderen Arme begnügten sich damit, sich schlängelnd und kriechend auf Brak zuzubewegen, um ihn zu umklammern und ihm die Haut abzuziehen.

Voll Entsetzen hieb Brak auf den ersten Arm ein und spaltete ihn. Ein Schwall übelriechender teeriger Flüssigkeit ergoß sich über die Steine. Ein zweiter Arm, der auf Braks Kopf zukam, verfehlte sein Ziel, als Brak zurücksprang. Brak prallte gegen ein großes Bruchstück des Meersteins. Die scharfe Kante drückte sich schmerzhaft in sein Rückgrat.

Der angreifende Arm schwebte über Braks Haupt. Die Spitze des Armes züngelte zurück zum unteren Teil der Leibeskuppel, in der ein riesiger Rachen von faulig-rosa Farbe klaffte. Doch der Arm hatte keinen Menschenbissen dem Hauptrachen zu bieten, der sich daraufhin auch sofort wieder schloß. Plötzlich begannen die Saugöffnungen zu pfeifen und Sauggeräusche in rascher Folge von sich zu geben, als wäre das Ungeheuer erbost.

Noch immer schritt der Arm, der über Braks Schwert schwebte, nicht zum Angriff. Er schwankte neben dem geknoteten Schal hin und her. Schließlich dämmerte es Brak sogar durch Schmerz und Angst auf, warum Marjana ihm das Seidentuch mitgegeben hatte. Die dunkelrote Farbe war eine menschliche Farbe, die die Höllenarme anzog. Es war Blut.

Brak schalt sich einen Narren, weil er es nicht früher durchschaut hatte. Die marmorierten Farbkreise hätten es ihm verraten können und auch die weiße Ecke, die kein Fleck war, sondern eine Stelle, wo das Blut nicht gegriffen und gefärbt hatte.

Jetzt war es für solche Selbstbezichtigungen zu spät. Brak hatte Mühe genug, sich auf den Beinen zu halten und wie verrückt auf den einen Arm einzuhauen und dann auf einen anderen. Die Höllenarme schlugen um sich, schlängelten sich und ließen Wasserfontänen aufsprühen. Plötzlich erwischte einer der Arme Brak unvorbereitet und schlang sich um seine Mitte.

Blut aus seiner Wunde und Wasserspritzer blendeten Brak. Er spürte, wie sich die Saugöffnung an seinem Bauch festsaugte und feurige Schmerzwellen durch seinen Körper schickte.

Andere Arme streiften seinen Kopf, verfehlten ihn, ringelten sich in dumpfer instinktiver Reaktion zum Hauptmund in der Kuppel zurück. Wild hieb Brak auf den Arm um seine Mitte ein. Er sägte hin und her, hin und her, bis die schwärzliche Fasermasse sich teilte und wieder teerigen Ausfluß ausspie.

Er schälte das abgeschnittene Ende von seinem Leib und sprang von Schmerzen geschüttelt zurück, als die Saugöffnung sich löste. Keuchend geriet er rücklings ins Taumeln und kauerte sich über die bewußtlose Prinzessin Mardela, während das wütende Pfeifen und Saugen der Höllenarme sich steigerte und die wahnsinnige Enttäuschung des Monstrums verriet.

Sechs Arme kamen gleichzeitig über den Steinsims und züngelten nach Braks Körper. Er hob sein Schwert und senkte es aber sogleich. Stoßweise kam sein Keuchen. Es war zwecklos, mit einer schwachen Eisenklinge zu kämpfen. Gegen dieses Lebewesen war er ohnmächtig.

Brak, dessen langer gelber Zopf blutverschmiert über seine Schulter hing, lehnte den Kopf an die kühle blaustrahlende Fläche des Riesenbruchstückes vom Meerstein. Er sog gierig Luft ein. Die Saugarme kamen kriechend, schlängelnd auf seine Beine zu.

Aus den Augenwinkeln sah er die bläuliche Strahlung des großen Meerstein-Stückes. Heftig rammte Brak sein Schwert zurück in die Scheide. Er sprang hinter das Riesenbruchstück, das auf einer der gesprungenen Facetten balancierte. Er stemmte die Schulter gegen den Steinbrocken, der zweimal so groß war wie er selbst.

Mit gebeugtem Rücken schob er an, laut fluchend und unter Anrufung der namenlosen Götter, und kippte den großen Block um. Das schwankende, blauglitzernde glasartige Stück fiel auf die kriechenden Saugarme.

Die Saugöffnungen schlossen sich instinktiv. Die Enden der Saugarme drehten sich, und vor Braks Blicken hoben die sechs gräßlich schwarzen Röhren den mächtigen Block hoch, beförderten ihn durch die Luft zum Hauptrumpf und rammten ihn in den fauligen Rachen.

Der Rachen schloß sich. Und dann geschah erneut Entsetzliches, als die messerscharfen Bruchflächen das Racheninnere des Ungeheuers zerschnitten. Die Höllenarme, die das Instrument der eigenen Vernichtung verschluckten, begannen sich zu winden und das Wasser noch wilder zu peitschen. Giftiges Blutwasser entströmte dem plötzlich aufgerissenen Rachen, in dessen Tiefen das Bruchstück des Meersteins steckte, welches würgte und schnitt, würgte und schnitt.

Ein Arm nach dem andern glitt ins Wasser zurück. Die bösen gelben Augen begannen zu flackern und zu verlöschen. Mit immer höher anschwellendem Pfeifen, das schließlich in Braks Ohren schmerzte, versanken die Höllenarme im Wasser, das von dem teerigen Blut dunkelgefärbt wurde.

Erschöpft und mit Wunden bedeckt, hatte Brak das dunkle Gefühl, daß das Ungeheuer genau wußte, daß ein menschliches Wesen es mit dem scharfen Edelstein hatte töten wollen, der sein Inneres zerschnitt. Er spürte, daß es den Höllenarmen bewußt war, weil die bösen gelben Augen vor dem Versinken einen Augenblick lang flammendhell aufgeleuchtet hatten.

Ein letzter Arm griff schlaff über den Rand des Simses. Brak hackte ihn ab. Die Höllenarme verschwanden endgültig.

Brak, der das nun Folgende kaum im Gedächtnis behalten sollte, nahm die noch immer lebende Mardela in die Arme. Er kämpfte sich am Rand des abgesunkenen Bodens entlang. Dann verließ er den Palast und schritt unter dem Torbogen hindurch. Mardelas Haar hing silbrig-feucht herab. Braks Augen waren feucht von Schweiß und Blut. Deswegen sah er nicht sofort, was ihn am Ende des verfallenen Dammes erwartete.

Zu seiner Rechten, auf den schäumenden Purpurwellen, flakkerte irrlichternd ein gelbes Licht, einmal heller, dann wieder schwächer. Doch Braks Blick war starr geradeaus gerichtet.

Ein zweiter Kahn war neben dem seinen verankert.

Auf dem Damm stand eine Gestalt.

Ein Umhang blähte sich um ihre Schultern, vom Wind bewegt, der sich hinter Brak erhoben hatte. Die Gestalt hielt einen gespannten Bogen in der Hand. Die Pfeilspitze schimmerte im Licht des abnehmenden Mondes.

Plötzlich verschob ein Windstoß die Kapuze. Marjanas Haar wehte im Wind.

»Niemand hat mir gesagt, daß sie Eure jüngere Schwester ist«, rief Brak. »Niemand außer Euch.«

»Bleib stehen, Barbar«, rief Marjana. »Dieser Pfeil ist schneller als deine Beine.«

»Sie lebt noch!« rief Brak und machte einen Schritt nach vorn. Sein Blick hing an der zitternden Pfeilspitze. »Sie lebt und ist kein junges Mädchen mehr. Sie ist Eure ältere Schwester. Und sie ist die Erbin der Krone. Habe ich recht?«

»Solange sie da drinnen gefangen war«, rief Marjana, »stellte sie — eine Bedrohung — dar.« Der Wind verschluckte ihre Worte, als Brak wieder einen Schritt tat und noch einen. »Falls — es sich herausgestellt hätte — daß sie lebt — hätte jemand sie — eines Tages befreien können —«

»Deswegen habt Ihr mich als Verbrecher in einer Falle gefangen und mich ausgeschickt, um zu erfahren, ob sie wirklich noch lebt«, erwiderte Brak. »Natürlich habt Ihr niemanden aus Eurem Gefolge schicken können, denn jeder hätte Verrat gewittert. Deswegen habt Ihr mir ein Zeichen Eures Vertrauens gegeben. Einen blutgefärbten Schal, dessen Geruch die Höllenarme erkennen und wittern würden. Das habt Ihr genau gewußt. Damit habt Ihr mir das Instrument gegeben, durch das ich und Eure Schwester getötet werden sollten.«

Da bemerkte Brak rechter Hand ein flackerndes gelbes Aufblitzen. Unter den aufgetauchten Ruinen von Groß-Tyros mußten tatsächlich Kanäle verlaufen. Durch diese Kanäle hatten sich die Höllenarme durchgekämpft, tödlich verwundet, aber gewillt, ihren Bezwinger bis zum letzten Augenblick zu jagen.

Brak hörte Wassergeplätscher, dann ein schäumendes Tosen. Ein nasses Sauggeräusch ertönte und kam über den Damm.

Marjana, die den Bogen spannte, rief: »Ich kann dich töten, ehe du mich auch nur halb erreicht hast! Barbar, halt ein!«

Aufkreischend ließ sie den Pfeil losschnellen. Brak hatte sich blitzschnell gebückt und Mardela fallengelassen. Im Vorwärtslauf war er nicht genügend rasch ausgewichen. Der Pfeil bohrte sich durch seinen linken Schenkel und hinterließ eine tiefe blutige Wunde. Die Finger seiner rechten Hand rissen hastig am Seidentuch.

Er hob die Hand. Etwas kam auf Marjanas Kopf zugeflattert und wurde durch einen Windstoß an ihr Gesicht gepreßt.

Zu spät erkannte sie, was es war. Sie warf den Bogen weg und zerrte wie wahnsinnig an dem Tuch.

Da glitten zwei schleimig-schwarze Arme des sterbenden Höllenarmes den Damm entlang. Sie witterten den Geruch des blutgetränkten Schals, der sich um Marjanas Gesicht legte.

Hoch wurde sie gehoben im Licht des abnehmenden Mondes. Sie starb unter wildem Gekreische. Eine der gräßlichen Saugöffnungen umgab ihren Kopf zur Gänze, als die Höllenarme im Wasser versanken und ihr letztes Opfer mit sich rissen.

Schwankend und erschöpft drehte Brak sich um. Er taumelte zurück zu Mardela. Im Glanz des Mondlichtes sah ihr Haar aus, als stünde es in Flammen. Sie atmete leise und schien wohlauf.

Langsam bückte sich Brak und hob sie hoch. Er wandte dem Grauen, das Groß-Tyros für ihn bedeutete, den blutgestreiften Rücken zu.

Brak der Barbar erreichte das Ende des Dammes mit der rechtmäßigen Königin auf den Armen. Er legte sie behutsam in den Kahn und stakte im Licht der Sterne zurück ans Festland.

Originaltitel: THE GIRL IN THE GEM

Aus FANTASTIC STORIES Januar 1965

Henry Kuttner

DRACHENMOND

Atlantis wurde 355 vor Christus von dem Athener Philosophen Plato erfunden, der aus diesem Modell seine Theorien über den vollkommenen Staat darlegen wollte, wie er sie in den Dialogen Timaios und Kritios fortsetzt. Seit damals waren Atlantis und andere, angeblich versunkene Kontinente, Gegenstand von über zweitausend Büchern und Abhandlungen, darunter einige Dutzend Romane und Kurzgeschichten.

Das vorliegende Beispiel stammt aus einer Serie von vier Erzählungen, die von Henry Kuttner (1914—1958) in den späten dreißiger Jahren für WEIRD TALES verfaßt wurden. Kuttner war ein kleiner, dunkler, stiller, übertrieben schüchterner Mann, der in seiner Jugend in Los Angeles für eine literarische Agentur gearbeitet hatte und in den dreißiger Jahren die Schriftstellerei zu seinem Beruf machte. Sein erster größerer Erfolg war eine Horrorgeschichte *The Graveyard Rats,* erschienen in WEIRD TALES im März 1926. Als überaus vielseitiger und fruchtbarer Schriftsteller schrieb er unter mindestens sechzehn Pseudonymen und gehört zu den wenigen Verfassern von Science Fiction mit humoristischem Einschlag.

Kritiker haben auf Kuttners Neigung hingewiesen, Werke und Autoren, die damals erfolgreich waren, nachzuahmen. So ist zum Beispiel in den Erzählungen um Elak der Einfluß von H. P. Lovecraft und Robert E. Howard nicht zu übersehen. Da er verhältnismäßig jung gestorben ist, werden wir nie erfahren, ob sich nicht mit der Zeit ein »echter Kuttner« gezeigt hätte. Auf jeden Fall hat er erstaunlich viele, gut aufgebaute und höchst unterhaltsame Geschichten geschrieben.

Der Elak-Zyklus, aus dem »Drachenmond« die vierte und letzte Erzählung ist, enthielt eine zweiteilige Serie und drei Novellen.

1 Elak von Atlantis

> Aus Trümmern, zum Chaos verfallen,
> Ein großes Antlitz zur Nacht sich wendet.
> Wer sucht, über Bahre gebeugt im Dämmer der Vergangenheit den Anblick strahlender, mächtiger Herren?
>
> *Chesterton*

Die Hafenschenke glich einem Tollhaus. Der große Hafen von Poseidonia erstreckte sich weit nach Südosten und verlor sich in der Dunkelheit. Das eigentliche Hafenviertel jedoch war ein einziger Schein hell leuchtender Laternen und Fackeln.

Heute waren Schiffe eingelaufen, und in dieser einen Schenke toste überschäumender Übermut und dröhnten derbe Seemannsspäße, wie in den anderen Schenken. Küchendünste und Geruch von Sesam erfüllten den großen, niedrigen Raum und vermischten sich mit dem herben Duft des Weines. Seeleute des Südens feierten in dieser Nacht den Höhepunkt des Karnevals.

In einer Wandnische befand sich ein Standbild Poseidons, des Schutzgottes der sonnenbeschienenen Meere. Es war bemerkenswert, daß fast alle, bevor sie einen Schluck nahmen, einige Tropfen auf den Boden, in Richtung des Standbildes, verschütteten.

In einer Ecke saß ein kleiner dicker Mann und murmelte leise vor sich hin. Lycons Äuglein musterten angeekelt das Treiben in der Schenke. Seine Börse war heute zur Abwechslung einmal schwer von Gold. Desgleichen die Börse Elaks, seines Gefährten bei allen Abenteuern. Doch Elak zog das Trinken und Huren in dieser tosenden, brodelnden und stinkenden Schenke vor, eine Vorliebe, die Lycon mit Verdruß und Bitterkeit erfüllte. Er spuckte aus, murmelte leise vor sich hin und drehte sich um, um Elak zuzusehen.

Der hagere, wolfsgesichtige Abenteurer war eben mit einem Kapitän in Streit geraten, dessen riesiger, mit Muskeln bepackter Körper Elak zu einem Zwerg degradierte. Zwischen beiden saß eine Schankdirne. Mit schrägen Augen liebäugelte sie mit den Männern, geschmeichelt von der Aufmerksamkeit, die man ihr schenkte.

Der Seemann Drezzar hatte den Fehler begangen, Elaks Fähigkeiten zu unterschätzen. Er hatte begehrliche Blicke auf das Mädchen geworfen und war fest entschlossen, sie zu besitzen, ungeachtet des Erstanspruches von Elak. Unter anderen Umständen hätte Elak das katzenäugige Mädchen Drezzar vielleicht überlassen, doch die Worte des Kapitäns hatten Elak beleidigt. Er war daher am Tisch sitzen geblieben, mit wachsamem Blick, das Rapier locker in der Scheide.

Er musterte Drezzar — das sonnverbrannte massige Gesicht, den struppigen, dunklen Bart, die gezackte Narbe, die von der Schläfe bis zum Kiefer reichte und den Mann eines seiner grauen Augen beraubt hatte. Lycon rief nach mehr Wein. Er wußte, bald würde Stahl aufblitzen.

Doch der Kampf kam ohne jede Vorwarnung. Ein Stuhl wurde umgeworfen, ein Schwall wilder Flüche ertönte, und

Drezzars Schwert glänzte im Licht. Das Mädchen kreischte schrill auf und machte sich aus dem Staub. Blutvergießen war nicht nach ihrem Geschmack — und aus so großer Nähe schon gar nicht.

Drezzar focht. Er ließ sein Schwert so hinterlistig flach daherzischen, daß er Elak glatt den Bauch aufgeschlitzt hätte, wäre der Kleinere nicht mit einer flinken Seitwärtsbewegung ausgewichen. Das Rapier schimmerte. Die Spitze ritzte Drezzars Skalp.

Sie fochten schweigend. Und diese Stille verriet Elak, mehr als alles andere, das Format seines Gegners. Drezzars Gesicht zeigte noch immer keinerlei Gefühlsregung. Nur die helle Narbe hob sich schärfer ab. Das geblendete Auge schien ihn nicht im geringsten zu behindern.

Lycon wartete auf die Gelegenheit, seinen Stahl in Drezzars Rücken bohren zu können. Elak würde das zwar nicht billigen, das wußte er, doch Lycon war Realist.

Elaks Sandale glitt in einer Weinpfütze aus, er wankte und kämpfte verzweifelt um sein Gleichgewicht. Es glückte ihm nicht. Drezzars vorschnellendes Schwert schlug ihm das Rapier aus der Hand, und Elak ging zu Boden. Sein Kopf stieß gegen einen umgeworfenen Stuhl.

Der Seemann reckte sich, zielte mit der Waffe und wollte zum Sprung ansetzen. Lycon sprang auf ihn zu, erkannte aber, daß er den Totschläger nicht mehr rechtzeitig erreichen konnte.

Und dann — von der offenen Tür her — kam das Unerklärliche. Etwas, das einem Feuerstrahl glich, peitschte durch die Luft. Lycon glaubte zunächst, es wäre ein Wurfmesser. Doch das war es nicht. Es war eine Flamme!

Eine weiße, züngelnde Flamme überirdischen Ursprungs! Sie umfing Drezzars Klinge, umzüngelte sie und entriß sie der Hand des Seemannes. Das Schwert erglühte in gleißendem Feuer und ließ im Raum jede Einzelheit deutlich hervortreten. Dann fiel das Schwert zu Boden, ein geschwärzter, verformter Klumpen geschmolzenen Metalls.

Drezzar stieß einen Fluch aus. Er starrte seine vernichtete Waffe an. Sein braunes Gesicht erbleichte. Hastig drehte er sich um und floh durch eine Seitentür.

Die Flamme war verlöscht. In der Tür stand ein Mann — eine derbe, häßliche Gestalt, in der traditionellen braunen Gewandung der Druiden. Lycon, der nach seinem mißglückten Angriff endlich wieder zum Stehen gekommen war, senkte sein Schwert und flüsterte: »Dalan!«

Elak stand auf und rieb sich kläglich den Kopf. Beim Anblick des Druiden wechselte sein Gesichtsausdruck. Wortlos nickte er Lycon zu und ging zur Tür. Die drei traten hinaus in die Nacht.

2 *Drachenthron*

Nun sind wir in unserem Reich,
Und die Krone ist unser —
Ein blankes Schwert auf der Ratsbank.
Unter dem Throne die Schlange.
Nun sind wir in unserem Reich

Kipling

»Ich bringe dir einen Thron«, sagte Dalan, »doch mußt du ihn mit deiner Klinge halten.«

Sie standen am Ende der Mole und sahen hinaus auf die mondbeschienenen Hafengewässer. Der Lärm Poseidonias schien jetzt weit entfernt.

Elak starrte zu den Hügeln hinüber. Dahinter, viele Meilen gegen Norden, lag ein Leben, das er hinter sich gelassen hatte. Ein Leben, das er aufgegeben hatte, als er Cyrena verließ, um sich mit dem Schwert des Abenteurers zu umgürten. In Elaks Adern rollte das Blut der Könige von Cyrena, des nördlichsten Reiches von Atlantis. Und wäre es nicht zu einem tödlichen Streit mit seinem Stiefvater Norian gekommen, hätte Elak jetzt den Drachenthron innegehabt. Doch Norian war gestorben, und Elaks Bruder Orander hatte die Krone geerbt.

Elak sagte: »Orander herrscht über Cyrena! Willst du, daß ich einen Aufstand gegen meinen Bruder anzettle?« Ein ärgerliches Funkeln lag in den kalten Augen des Abenteurers.

»Orander ist tot«, sagte der Druide leise. »Elak, ich muß dir eine Mär berichten, eine Mär von Zauberei und schwarzem Übel, das seine Schatten über Cyrena geworfen hat. Doch —« er suchte in seinem formlosen braunen Gewand und zog eine kleine Kristallkugel heraus. Diese hielt er in der gewölbten Handfläche und hauchte sie an. Die klare Oberfläche beschlug sich und wurde trüb, und der Dunst schien die ganze Kugel zu durchdringen. Der Druide hielt jetzt einen Ball wirbelnder grauer Wolken in der Hand.

Im Inneren der Kugel wuchs ein Bild, mikroskopisch klein, aber dennoch erkennbar. Elak sah es sich von der Nähe an. Er sah einen Thron und darauf einen Mann.

»Im Süden Cyrenas, jenseits der Berge, liegt Kiriath«, sagte Dalan. »Sepher hat darüber geherrscht. Und jetzt sitzt Sepher noch immer auf seinem Thron, doch es ist nichts Menschliches mehr an ihm.«

Aus der Kugel schien ihm Sephers Gesicht in erschreckender Deutlichkeit entgegenzuspringen. Unwillkürlich fuhr Elak zurück und preßte die Lippen zusammen. Auf einen flüchtigen Blick hin wirkte Sepher unverändert. Ein schwarzbärtiger, bronzefarbener Riese, mit den gierigen Augen eines Falken, doch Elak wußte, daß er ein Wesen gesehen hatte, das ekelhafter war als alles auf Erden. Es war nicht das Böse, wie er es sonst kannte, sondern etwas, das jenseits von Gut und Böse lag, jenseits von Menschentum und Göttlichkeit.

Eine Gegenwart, von außen eingedrungen, hatte Sepher erfaßt und vom König Kiriaths Besitz ergriffen. Und Elak erkannte, daß es das schrecklichste Wesen war, das er je gesehen hatte.

Dalan verbarg den Kristall wieder. Kalt sagte er: »Aus dem Unbekannten her ist ein Wesen namens Karkora gekommen. Was er ist, weiß ich nicht. Ich habe die Stäbchen geworfen, doch sie sagen mir wenig. Die Altarfeuer haben von einem Schatten geflüstert, der auf Cyrena fallen wird, ein Schatten, der sich über ganz Atlantis ausbreiten kann. Karkora, der Bleiche, ist nicht menschlich und ist auch kein Dämon. Er ist — fremd, Elak.«

»Was ist mit meinem Bruder?« fragte der Abenteurer.

»Du hast Sepher gesehen«, sagte Dalan. »Er ist ein Besessener, zu einem bloßen Gefäß dieser Wesenheit, genannt Karkora, herabgesunken. Ehe ich Orander verließ, hatte auch er — sich verändert.«

In Elaks brauner Wange zuckte ein Muskel. Der Druide fuhr fort: »Orander hat sein Verderben vorhergesehen. Tag für Tag wuchs die Macht Karkoras über ihn, und die Seele deines Bruders wurde immer weiter in die Finsternis getrieben. Er starb — von eigener Hand.«

Elaks Miene blieb unbewegt. Minutenlang verharrte er in

Schweigen und tiefe Trauer lag in seinen grauen Augen.

Lycon wandte sich um und sah auf das Meer hinaus.

Der Druide fuhr fort: »Orander läßt dir eine Botschaft übermitteln, Elak. Du bist in ganz Atlantis der einzige, der aus dem Königsgeschlecht von Cyrena stammt. Daher ist die Krone dein. Sie wird nicht leicht zu halten sein. Karkora ist nicht besiegt. Aber mein Zauber wird dir helfen.«

Elak sagte: »Du bietest mir also den Drachenthron an?«

Dalan nickte.

»Die Jahre haben mich verändert, Dalan! Ich habe Atlantis als Vagabund und noch ärgeres durchstreift. Ich habe mein Recht der Geburt hinter mir gelassen und es vergessen. Ich bin nicht derselbe, der vor Jahren Cyrena verlassen hat«, sagte Elak leise. Er lachte verbittert auf. Als er über die Kaimauer blickte, spiegelte sich sein Gesicht im dunklen Wellengekräusel des Wassers wieder. »Nur ein König sollte den Drachenthron besteigen! Für mich wäre es ein Scherz, und zwar ein trauriger.«

»Du Narr«, flüsterte der Druide, und Zorn war aus dem gezischten Wort hörbar. »Blinder, wahnwitziger Narr! Glaubst du, die Druiden würden Cyrena einem Unwürdigen anbieten? In deinen Adern fließt das Blut der Könige. Es steht dir nicht zu, es zu verleugnen. Du mußt gehorchen!«

»Muß?« Das Wort war leichthin gesagt, doch Lycon spürte, wie Elak von einer Spannung erfaßt wurde und sich seine Muskeln strafften. »Muß?« wiederholte Elak seine Frage. »Die Entscheidung bleibt wohl mir überlassen, Druide! Bei Mider! Der Thron Cyrenas bedeutet mir sehr viel. Daher werde ich ihn nicht besteigen!«

Im Mondlicht wirkte Dalans Krötengesicht fratzenhaft. Er beugte den kahlen, glänzenden Schädel vor, und sein dicker Finger krümmte sich.

»Jetzt bin ich versucht, an dir einen Zauber wirken zu lassen, Elak«, sagte er barsch. »Ich bin kein —«

»Meine Antwort hast du!«

Der Druide zögerte. Sein ernster Blick ruhte auf Elak. Und dann wandte er sich wortlos um und verschwand in der Nacht. Seine Schritte verhallten.

Elaks Blick schweifte immer noch über den Hafen. Seine Wangen waren fahl, der Mund eine gequälte weiße Linie. Dann drehte er sich unvermittelt um und sah zu den Hügeln von Poseidonia empor.

Doch er sah sie nicht. Sein Blick schweifte über sie hinweg in die Weite und über ganz Atlantis bis zum Königreich des Nordens — bis nach Cyrena und dem Drachenthron.

3 *Die Pforten des Traumes*

Gnom und Gaul und Dschinn und Geist
Sollen heut' nacht uns Gesellschaft sein.
Denn wir sind in uraltem Land,
Wo Mächte der Dunkelheit herrschen.
Kipling

In jener Nacht war Elaks Schlaf von Träumen gestört — aufblitzende, ungereimte Visionen. Er starrte zu der weißen, mondhellen Decke der Kammer empor. Alles war verändert. Es war nicht mehr der ihm vertraute Raum. Ein Licht gab es zwar, doch es war merkwürdig anders — grau und unwirklich. Unirdische Flächen und Winkel glitten an Elak vorbei, in seinen Ohren schwoll ein leises Summen an, das in ein hohes, dröhnendes Heulen überging und schließlich verklang.

Aus wirren Flächen wurde schließlich Ordnung. Im Traum sah Elak einen gewaltigen Fels gegen kalte Sterne aufragen, der sich massig vor einem Hintergrund gezackter Bergspitzen abhob. Schneeflecken minderten nicht die Düsternis des Felsens. Und ganz oben am Gipfel stand ein Turm, der wegen der großen Entfernung winzig klein erschien.

Eine Flut schien Elak emporzuheben und ihn vorwärts zu tragen. Am Fuße des Felsens sah er große Eisentore. Diese teilten sich, schwangen auf, und eine Öffnung gähnte ihm entgegen, in die er eintrat. Geräuschlos schlossen sich die Torflügel hinter ihm.

Und jetzt wurde sich Elak der Gegenwart eines fremden Wesens bewußt. Es herrschte stygische Finsternis. Doch in der tiefschwarzen Dunkelheit begann es sich zu regen. Es war nicht mißzuverstehen.

Ohne Warnung erblickte Elak den Bleichen!

Eine weiße, schimmernde Figur blitzte auf. Wie groß sie war, wie nah oder fern, das konnte Elak nicht unterscheiden. Er konnte auch nicht mehr als bloße Umrisse sehen. Ein schleichender, gräßlicher Schimmer kalten Lichtes übergoß das Wesen. Es schien nun nicht viel mehr als ein weißer Schatten zu sein. Doch ein Schatten, der dreidimensional und lebendig war!

Das überirdisch Schreckliche von Karkora, dem Bleichen!

Das Wesen schien größer zu werden. Elak fühlte, daß er beobachtet wurde, kalt und leidenschaftslos. Er konnte sich auf seine Sinne nicht mehr verlassen. Es war ihm, als würde er Karkora nicht nur mit den Augen allein erfassen — er war sich seines eigenen Körpers nicht mehr bewußt.

Ihm fiel Dalan und Dalans Gott ein. Und im stillen rief er Mider um Hilfe an.

Der Ekel, der ihn schüttelte, wollte nicht weichen, doch die Angst, die an ihm zerrte, war jetzt gemildert. Wieder schickte er ein Stoßgebet zu Mider und konzentrierte sich auf den Druidengott.

Wieder und wieder flehte Elak zu Mider. Und still und unheimlich erhob sich ein Flammenwall um ihn und verwehte ihm die Sicht auf Karkora. Die heißen, züngelnden Flammen Miders bildeten so einen Schutzwall — irdisch und wohltuend.

Die Flammen kamen näher und trieben ihn zurück. Sie tauten den eisigen Schrecken, der sein Denken erfaßt hatte, auf. Und dann verwandelten sie sich in Sonnenlicht — und das Sonnenlicht fiel schräg durch das Fenster, neben dem Elak wach auf seinem niedrigen Lager lag. Die Erinnerung ließ ihn erschaudern.

»Bei den neun Höllen!« fluchte er und sprang hastig auf. »Bei allen Göttern von Atlantis! Wo ist mein Rapier?« Er griff nun danach und ließ es wirbelnd durch die Luft pfeifen. »Wie kann ein Mensch gegen Träume kämpfen?«

Er wandte sich zu Lycon, der geräuschvoll neben ihm schlief, und weckte den kleinen Mann mit Fußstößen.

»Elendes Gesöff«, murmelte Lycon, schlaftrunken die Augen reibend. »Bring mir noch einen Becher voll, aber hurtig, oder — hm? Was gibt es?«

Elak zog sich eilig an. »Was es gibt? Etwas, was ich nicht erwartet habe. Wie hätte ich nach Dalans Worten ermessen können, was sich da in Atlantis zusammengebraut hat?« Er spuckte angeekelt aus. »Diese aussätzige Fäulnis soll nie den Drachenthron besteigen!« Er rammte sein Rapier in die Scheide. »Ich muß Dalan suchen. Ich werde mit ihm gehen. Nach Cyrena!«

Elak verstummte, doch in seinem Blick lagen finsterer Schrekken und Ekel. Er hatte den Bleichen gesehen. Und er wußte, daß er nie hoffen durfte, die penetrante Fäulnis des fremdartigen Karkora mit Worten beschreiben zu können.

Dalan aber war verschwunden. Es war unmöglich, den Druiden in dem volkreichen Poseidonia aufzutreiben. Schließlich gab Elak die Hoffnung auf und beschloß, die Sache selbst in die Hand zu nehmen. Er erfuhr, daß die Galeere *Kraken* am gleichen Tag auslaufen und Kurs an der Westküste entlang nehmen wollte. Als Elak ein Boot gemietet hatte, das ihn und Lycon zum Schiff hinausbringen sollte, tauchten die Ruder der *Kraken* bereits in die Dünung.

Elaks Nußschale ging längsseits, und er kletterte über das Schanzdeck hinauf und zog Lycon nach. Dem Bootsmann warf er eine Münze zu und sah, wie der Mann ablegte.

Die schweißnassen Rücken der Sklaven bewegten sich rhythmisch unter der Peitsche der Aufseher. Einer der Aufseher kam mit wütender Miene herbeigeeilt.

»Wer seid Ihr?« begrüßte er sie. »Was sucht Ihr auf der Kraken?«

»Führe uns zu deinem Kapitän«, sagte Elak. Seine Hand griff nach der schweren Börse an seinem Gürtel, in der Münzen klingelten. Der Aufseher war beeindruckt.

»Wir laufen aus«, sagte er. »Was wollt Ihr?«

»Überfahrt nach Cyrena«, schnappte Lycon. »Sei —«

»Bring sie her, Rasul«, unterbrach ihn eine mürrische Stimme. »Es sind Freunde. Wir bieten ihnen Überfahrt nach Cyrena!«

Und Drezzar, der Widersacher Elaks beim Raufhandel in der Schenke, kam eilends über das Achterdeck auf sie zu. Sein Gebiß schimmerte inmitten des struppigen Bartes.

»He!« rief er einer in der Nähe stehenden Gruppe bewaffneter Seeleute zu. »Nehmt die beiden fest! Faßt sie lebendig! Du Hund . . .!« Drezzar stand jetzt vor Elak und hob die Hand zum Schlag.

Stoisch sagte Elak: »Ich möchte Überfahrt nach Cyrena. Ich zahle gut!«

»Das wirst du«, grinste Drezzar und riß Elaks Börse an sich. Er öffnete sie und ließ Goldmünzen durch seine dicken Finger rinnen. »Außerdem wirst du dafür arbeiten. Aber Cyrena wirst du nicht erreichen! Rasul! Zwei neue Rudersklaven für dich!

Sieh zu, daß sie arbeiten!«

Er drehte sich um und ging. Widerstandslos ließ sich Elak zu einem Ruder schleppen und dort anketten. Neben ihm wurde Lycon angefesselt. Seine Hände drückten sich in die abgenutzten Vertiefungen im blankpolierten Holz.

Rasuls Peitsche knallte. Der Aufseher schrie: »Rudern! Rudern!«

Die *Kraken* flog hinaus aufs offene Meer. Angekettet an sein Ruder, trug Elaks dunkles Wolfsgesicht ein Lächeln, das nichts Gutes verhieß.

4 Das Schiff fährt gen Norden

> Orpheus hat sie besungen,
> Ihr Bug durchschnitt die Gischt,
> Fünfzig Helden an den Rudern sich beugen
> Weiß schäumt die Woge vor ihr
> Hell vor der Küste tanzt sie einher
> Wild zupft er die schwirrenden Saiten
> Macht Platz, macht Platz. *Benet*

Sie nahmen Kurs die Küste entlang und umschifften die Südspitze von Atlantis. Dann bewegte sich die Galeere in nördlicher Richtung, die lange Krümmung des Kontinents entlang. Die ganze Zeit über waren die Tage schön und wolkenlos und der Himmel blau wie die Wasser des Ozeans.

Elak wollte eine günstige Gelegenheit abwarten. Eines Nachmittags ging das Schiff vor einer unbewohnten Insel vor Anker, weil man die Trinkwasservorräte auffüllen mußte. Drezzar ging mit einem Dutzend anderer an Land und ließ das Schiff in der Obhut von nur wenigen Aufsehern. Das hielt er für ausreichend sicher, da die Sklaven angekettet waren. Überdies hatte Drezzar die einzigen Schlüssel zu den Ketten bei sich. Bei Sonnenuntergang weckte Elak Lycon mit einem Rippenstoß und sagte ihm, er möge sich bereithalten.

»Warum?« Lycons Stimme war mürrisch. »Willst du —« Er brach ab und machte große Augen, als Elak ein winziges gebogenes Metallstück aus seiner Sandale zog und es vorsichtig ins

Schloß seiner Fußfessel einführte. »Götter!« fluchte Lycon. »Du hast das Ding die ganze Zeit über bei dir gehabt — und hast bis jetzt gewartet!«

»Diese Schlösser lassen sich leicht aufschließen«, sagte Elak. »Und natürlich habe ich gewartet! Jetzt haben wir nur wenige Feinde an Bord. Halte Ausschau, rate ich dir!«

Lycon gehorchte. Dann und wann knarrten Schritte auf dem Deck, da und dort schimmerten Laternen, doch ihr Licht war sehr schwach. Das Plätschern des Wassers am Schiffsrumpf übertönte das leise Kratzen und Klicken bei Elaks Bemühungen. Plötzlich seufzte er befriedigt auf und öffnete seine Fesseln.

Metall klirrte und scharrte. Elak war frei. Er wandte sich Lycon zu — da ertönten eilige Schritte auf dem Oberdeck. Rasul, der Aufseher, war hinaufgelaufen. Er spähte herunter und zog fluchend sein Schwert. Mit der anderen Hand ließ er die Peitsche in einem großen, zischenden Bogen tanzen und auf Elaks ungeschützte Schultern niedersausen.

Lycon handelte. Mit einer raschen Körperbewegung warf er sich vor und deckte Elaks Körper. Die Peitsche riß Haut und Fleisch von Lycons Körper. Aber dann schloß sich Elaks muskulöse Hand um die derbe Lederhaut. Er zog mit aller Gewalt daran — und entriß Rasul die Peitsche.

»Ho!« rief der Aufseher. »Ho! Her zu mir!« Seine Stimme dröhnte über die dunkle See. Sein langes Schwert flackerte im fahlen Licht.

Zwei Bewaffnete tauchten im Laufschritt hinter ihm auf. Sie verteilten sich und umzingelten Elak. Er grinste böse wie ein Wolf. Die Peitsche ringelte sich in seiner Hand.

Plötzlich ließ er sie vorschnellen, wie eine angreifende Schlange. Die metallbewehrte Spitze zischte. In der Dunkelheit war die Peitsche nur schwer zu sehen. Ein Ausweichen war unmöglich. Rasul brüllte vor Schmerz.

»Tötet ihn!« schrie der Aufseher.

Die drei griffen an, und Elak wich aus. Sein Gelenk machte eine flinke Drehung, wenn er die Peitsche schwang. Ein Wurfmesser ritzte Elaks Schulter. Ein Mann taumelte rücklings und schrie schrill auf, während er seine Augen bedeckte, die von einem Peitschenschlag geblendet worden waren.

»Töte mich doch«, flüsterte Elak, während seine Augen lachten. »Doch die Fänge des Hundes sind scharf, Rasul!«

Er sah, daß Lycon, über seine Fesseln gebeugt, emsig mit dem Metallstück am Werk war, das ihn befreien sollte. Von der Küste her waren Stimmen zu hören. Rasul rief eine Antwort und duckte sich dann keuchend, als die Peitsche durch die Luft pfiff.

»Hüte dich vor meinen Fängen, Rasul!« lachte Elak erbarmungslos.

Und jetzt mußten die zwei anderen — Rasul und sein Gefährte — zurückweichen. Schritt für Schritt zwang Elak sie, mit der fürchterlichen Peitsche drohend, zurück. Sie konnten sich gegen die Peitschenhiebe nicht schützen. Wie eine angriffslustige Schlange schnellte das Leder aus der Dunkelheit und sprang ihnen an die Augen. Die Sklaven waren inzwischen erwacht und zerrten an ihren Ketten. Mit Zurufen ermutigten sie Elak. Der Mann, den er geblendet hatte, tat einen falschen Tritt und stürzte unter die Ruderer. Sie schlugen über ihm zusammen. Abgemagerte Hände faßten und krallten im Schein der Laternen. Eine Zeitlang schrie er — dann gab er keinen Ton mehr von sich.

Laut und bestimmt erhob sich Lycons Stimme über dem Tumult. »Ruderer!« schrie er. »Ruderer, Sklaven! Ehe Drezzar wiederkommt — rudert um eure Freiheit!« Abwechselnd fluchend, drohend und schmeichelnd arbeitete er mit fliegenden Fingern an seinen Fesseln.

Elak hörte ein Wispern an seiner Seite und sah, daß ihm ein Sklave mit dem Griff voran ein Schwert zuschob — die Klinge, die der Geblendete hatte fallen lassen. Dankbar nahm er die Waffe an sich und warf die Peitsche weg. Das Gefühl des kühlen lederumhüllten Schwertgriffes war angenehm. Eine Woge der Kraft entströmte dem scharfen Stahl und stärkte Elaks Arm.

Sein Rapier war es zwar nicht, aber es würde genügen.

»Meine Fänge, Rasul«, sagte er lachend und schritt zum Angriff. Seine zwei Gegner trennten sich, doch Elak hatte diesen Schachzug vorausgesehen. Er wandte Rasul den Rücken zu und hieb auf den anderen ein. Dann drehte er sich — fast im gleichen Atemzug — um und sprang zurück. Um Haaresbreite entging er, sich duckend, einem Hieb. Und jetzt stand er nur mehr Rasul gegenüber. Der andere lag am Boden und griff sich an die Kehle, die bis zum Halswirbel durchschnitten war.

Lycon rief: »Rudert, Sklaven! Um euer Leben!«

Die langen Ruder knarrten, bewegten sich jedoch nicht gleichmäßig. Doch dann kam die Macht der Gewohnheit, und langsam und rhythmisch tauchten die Ruderblätter ins Wasser. Lycon brüllte einen rhythmischen Singsang, und die Sklaven hielten sich im Takt. Allmählich kam die Galeere in Fahrt.

Auf dem Deck blitzten und klirrten die Schwerter. Doch war es Elak nicht bestimmt, Rasul zu töten. Der Aufseher stolperte, fiel auf die Knie — und aus dem Dunkel griffen Hände nach ihm. Er schrie, als die Sklaven ihn zu sich zerrten. Stimmen schwollen zu einem gellenden Kreischen des Hasses an. Rasul schrie — und verstummte.

Lycon sprang, befreit von seinen Fesseln, auf. Mit Flüchen bedachte er die Ruderer. Ihre kurze Pflichtvergessenheit hatte zu Verwirrung geführt. Ein Ruder, das sich in einem anderen verspreizt hatte, splitterte und brach ab. Der Stumpf flog, wie von einem Bogen abgeschossen, zurück und zerschmetterte das Gesicht eines Sklaven zu einer blutigen Masse. Von der Meeresseite her kamen Rufe und Befehle.

Über der Reling tauchte Drezzars Gesicht auf, verzerrt, mit rotflammender Narbe. Das Schwert hielt er zwischen den Zähnen. Ihm nach drängten Bewaffnete.

Lycon stürmte ihnen, eine eroberte Klinge in der Hand, entgegen und feuerte die Sklaven mit Schimpfworten an. Wieder gerieten die Ruder in Bewegung, schlugen ins Wasser und ließen die Galeere durch die Wellen gleiten. Schon längst hatte ein Sklave die Ankerkette durchtrennt.

Ein Dutzend Bewaffneter umringte Lycon mit blitzenden Schwertern, der mit dem Rücken zum Mast sich tapfer wehrte und fürchterliche Flüche ausstieß. Einige Schritte entfernt schlich Drezzar, Mordlust in den Augen, wie eine Katze daher. Er sah, daß Elak eine Bewegung machte, und griff diesen mit gezückter Klinge an.

Elak bückte sich nicht nach seinem Schwert. Er sprang ihm entgegen, unter dem Schwung des Stahles hindurch, für Drezzar völlig unerwartet. Die zwei Männer gingen gleichzeitig zu Boden und rollten über das von Blut schlüpfrige Deck.

Drezzar versuchte das Schwert in seiner Hand so zu kehren, daß er Elak in den Rücken stechen konnte. Doch Elaks muskulöser Körper wich seitwärts aus, und gleichzeitig schlossen sich seine schlanken, sehnigen Finger über dem Schwertgriff in Drezzars Hand.

Wieder versuchte Drezzar, das Schwert freizubekommen und gegen Elak zu wenden — es gelang ihm nicht. Elak drückte das Schwert in der Richtung des Stoßes, die gerade gegen Drezzar zielte. Und das Schwert drang glatt in Drezzars Leib, bis es ans Rückgrat stieß.

»Meine Fänge, Drezzar«, sagte Elak ganz leise mit unbewegter Miene, und stieß dann das Schwert noch tiefer, bis er den Kapitän wie einen Käfer auf das Deck gespießt hatte. Drezzar öffnete den Mund. Ein brüllendes Ausatmen voll gräßlicher Pein. Seine Hände trommelten auf das Deck, sein Körper wölbte sich wie ein Bogen.

Er hustete Blut und knirschte mit den Zähnen, bis sie splitterten und krachten — und starb dann auf schreckliche Weise.

Elak sprang auf. Er sah den schweren Eisenschlüssel an Drezzars Gürtel hängen, entriß ihn dem Toten und warf ihn unter die Sklaven. Ein Aufschrei des Dankes war die Antwort.

Lycon schrie verzweifelt um Hilfe, und Elak eilte, ihm beizustehen. Nun war der Ausgang des Kampfes eindeutig. Die sich befreienden Sklaven gaben einer dem anderen den Schlüssel weiter und sprangen auf, um sich an Elaks Seite zu stellen. Schließlich lag der letzte der Herren des Schiffes tot auf dem Deck, und die Ruderleute — nicht mehr in Ketten, nicht mehr Sklaven — ließen die Galeere auf Nordkurs durch die dunkle See eilen.

5 *Aynger von Amenalk*

> Denn der Mann hauste im verlorenen Land, voll der Trümmer und zerbrochener Menschen. *Chesterton*

Sie kamen an eine schroffe, kahle Küste, deren Klippen sich hoch über der Galeere auftürmten. Kalte Herbstwinde blähten die Segel und gestatteten den ermatteten Ruderleuten eine Ruhepause. Die See war glatt und grau, wogte nur in langen, schaumlosen Wellen unter blaugrauem Himmel. Die Sonne wärmte kaum. Dankbar hielt sich die Besatzung an die Schiffsvorräte — Öl, Wein und warme Tuche.

Elak hielt die Tatenlosigkeit nicht aus. Er sehnte sich danach, nach Cyrena zu kommen. Ruhelos lief er auf Deck auf und ab, befingerte sein Rapier und brütete über dem Geheimnis des Dinges mit Namen Krakora. Was war dieser Bleiche? Woher war das Wesen gekommen? Diese Probleme waren unlösbar, und sie blieben es — bis Elak eines Nachts einen Traum hatte.

Er träumte von Dalan. Der Druidenpriester schien auf einer Waldlichtung zu stehen. Vor ihm flackerte rötlich ein Feuer. Und Dalan sprach: »Verlasse dein Schiff am roten Delta. Suche Aynger von Amenalk auf. Sag ihm, du strebest nach dem Thron von Cyrena.«

Das war alles. Elak erwachte und lauschte dem Knarren des Schiffsgebälkes und dem Geplätscher der Wellen. Es war fast Morgen. Er erhob sich und suchte, die Augen beschattend, den Horizont ab.

Zur Rechten gab es eine Öffnung, welche die Klippen unterbrach. Und weiter landeinwärts — eine Insel. Und auf der Insel erhob sich eine Burg, die auf den ersten Blick ein Teil der Felsen zu sein schien.

Die Galeere glitt dahin, und jetzt konnte Elak sehen, daß durch die Öffnung zwischen den Klippen ein Fluß ins Meer mündete. An der Mündung erweiterte er sich zu einem Delta, dessen Grund aus rotem Sand war.

Und so gingen Elak und Lycon in der kalten, düsteren Dämmerung von Bord der Galeere. Willige Ruderer brachten sie an die Küste. Die beiden erklommen die Klippen, blieben oben angelangt stehen und blickten sich um. Landeinwärts erstreckte sich eine Hochebene, weder von Baum noch Busch unterbrochen, vom Winde glattgefegt und öde. Im Westen lag kalt und abweisend der Ozean.

»Vielleicht haust der Aynger Eures Traumes in der Burg«, sagte Lycon, mit bebender Hand in die Richtung weisend. »Einer der Männer hat mir gesagt, dort läge Kiriath. Und gen Norden, jenseits der Berge, liegt Cyrena.«

Düster antwortete Elak: »Ich weiß es. Und Sepher herrscht über Kiriath; Sepher, den Karkora zu seiner Kreatur gemacht hat. Also gehen wir!«

Sie gingen am Rande der Klippen entlang. Kalt blies der Wind und trug ein dünnes, hohes Pfeifen an ihr Ohr, das aus dem Nichts zu kommen schien. Seltsam klagend strich es leise in der Luft über den beiden.

Und über die Hochebene kam ihnen ein Mann entgegen, ein

hochgewachsener Mann, derb gekleidet, mit ungekämmtem Haar und eisengrauem Bart. Er spielte auf einem aus mehreren Pfeifen bestehenden Instrument und setzte es ab, als er Elak und Lycon erblickte. Abwartend, mit verschränkten Armen, blieb er stehen.

Das Antlitz des Mannes hätte aus den rauhen Felsen dieses Landes gemeißelt sein können, hart, stark und abweisend. Die kühlen grauen Augen waren wie die See.

»Was sucht Ihr hier?« fragte er. Seine Stimme war tief und angenehm.

Elak zögerte. »Aynger. Aynger von Amenalk. Kennt ihr ihn?«

»Ich bin Aynger.«

Einen Herzschlag lang herrschte Schweigen. Dann sagte Elak: »Ich strebe nach dem Thron von Cyrena!«

Lachen funkelte in den grauen Augen. Aynger von Amenalk streckte eine riesige Hand aus, faßte nach Elaks Arm und schüttelte ihn schmerzhaft. Er sagte: »Dalan hat dich geschickt! Dalan!«

Elak nickte.

»Nicht ich bin es, den Ihr sucht. Es ist vielmehr Mayana — die Tochter Poseidons. Dort müßt Ihr sie suchen! Und er deutete zu der fernen Inselburg hinüber. »Ihre Macht allein kann Euch Hilfe sein. Doch zuerst — kommt!«

Er ging zum Klippenrand voraus. Ein gefährlich enger Pfad führte durch das zerklüftete Gelände abwärts. Aynger ging mit sicherem Schritt voran, Elak und Lycon folgten zaghafter. Weit unten zerrten die Brecher an den Felsen. Seevögel kreischten.

Der Pfad endete vor der Grottenöffnung. Aynger trat ein und bat die beiden, ihm zu folgen. Die Grotte weitete sich zu einer hochgewölbten Kammer, offenbar Ayngers Behausung. Er wies auf einen Stapel von Fellen und reichte seinen Gästen ein großes Horn voll Met.

»Also, Dalan hat Euch gesandt! Ich hatte mich schon gewundert! Orander ist tot. Wenn der Bleiche einem Menschen sein Siegel aufgedrückt hat, ist der Tod das einzige Entrinnen.«

»Karkora«, sagte Elak sinnend. »Was ist er? Weißt du es, Aynger?«

»Die Antwort müßt Ihr Euch bei Mayana holen, drüben auf der Insel. Nur sie weiß es. Mayana von den Meeren. Laßt mich

Euch berichten ...« Seine grauen Augen leuchteten hell und träumerisch, seine Stimme erklang weich. »Das Land hier an der Westküste ist Amenalk — nicht Kriath. Einst, vor langer Zeit, hat sich Amenalk weit nach Osten erstreckt. Damals waren wir ein großes Volk. Doch Eindringlinge fielen räuberisch ein, und nun ist nur dieses Stück Land geblieben. Doch es ist Amenalk. Und ich hause hier, weil in meinen Adern das Blut von Königen fließt.«

Aynger warf den grauen, zerzausten Kopf zurück. »Und seit Urzeiten steht die Burg auf der Insel. Kein Mensch hat je darin gelebt. Es gibt Sagen, die berichten, daß noch vor dem Volk von Amenalk ein altes Seefahrervolk die Burg zu seinem Heim gemacht hat. Es waren Zauberer, Hexenkünstler und Magier. Doch sie starben aus und wurden vergessen. Mein Volk wurde über ganz Kiriath zerstreut, und ich lebe hier allein und einsam. Sepher hat gut und weise regiert. Eines Nachts ging er allein weg und wandelte auf den Klippen von Amenalk. Als er in den Palast zurückkehrte, führte er eine Braut heim. Diese Braut war Mayana. Viele sagen, er hätte sie in der Inselburg gefunden, andere wiederum, daß sie den Wellen entstiegen wäre. Ich glaube, daß Mayana nicht von menschlicher Art ist. Sie stammt von dem alten Meervolk. Ein Schatten fiel über das Land. Aus dem Dunklen, aus dem Unbekannten kam Karkora. Er nahm von Sepher Besitz. Mayana floh hierher und lebt, beschützt von ihren Zauberkünsten, in der Burg. Und Karkora herrscht über das Land.«

Aynger hob den Kopf, sein Bart ragte jetzt empor. Seine Augen glichen funkelnden Seen: »Mein Volk war ein Druidenvolk. Unsere Verehrung galt Mider, dem großen Gott, und ich bete ihn jetzt noch an. Ich aber sage Euch: Karkora ist Verderbtheit und Schrecken — ein Übel, das sich über die ganze Welt verbreiten wird, wenn es den Druiden nicht gelingt, ihn zu vernichten. Mayana besitzt sein Geheimnis. Mayana kennt es. Ihr müßt sie auf ihrer Insel aufsuchen. Und ich selbst —« Seine mächtige Hand ballte sich. »Ich habe Königsblut, und mein Volk lebt, obgleich in Knechtschaft. Ich werde durch Kiriath ziehen und Männer um mich scharen. Ihr werdet Armeen brauchen, ehe Ihr den Drachenthron Cyrenas besteigt. Ich werde für Euch und für Mider eine Armee sammeln.«

Aynger griff hinter sich und brachte einen großen Kriegshammer zum Vorschein. In seinem grimmigen Gesicht blitzte Lachen auf. »Ihr werdet nach alter Art kämpfen, mit Kriegsbemalung und ohne Rüstung. Und ich glaube, Helmbrecher wird wieder Blut zu kosten bekommen. Wenn Ihr Hilfe von Mayana bekommt — nun gut. Aber mit oder ohne Euch, Mann aus Cyrena, wird Amenalk zum Kampf schreiten!«

Der große, graue Mann erhob sich. Seine düstere, urzeitliche Gestalt zeichnete sich als Silhouette im Eingang stehend ab. Er trat beiseite und wies hinaus.

»Dein Weg führt zur Insel. Mein Weg führt landeinwärts. Wenn wir uns begegnen — falls überhaupt — dann werde ich Euch eine Armee geben können.«

Schweigend ging Elak an Aynger vorbei und erklomm den Klippenpfad. Lycon folgte ihm. Auf der windigen, baumlosen Hochebene blieb er regungslos stehen, während der graue Riese an ihm vorbeiging, mit dem Kriegshammer über der muskulösen Schulter, Bart und Haare im Winde flatternd, und davoneilte.

Aynger wurde mit zunehmender Entfernung immer kleiner. Elak nickte Lycon zu.

»Ich denke, wir haben an ihm einen starken Verbündeten. Den werden wir brauchen. Doch zunächst — diese Mayana. Wenn sie das Rätsel Krakoras lösen kann, werde ich sie aufsuchen, auch wenn ich hinüberschwimmen müßte.«

»Das müßt Ihr gar nicht«, sagte Lycon und wischte sich über den Mund. »Ihr Götter — war der Met köstlich! Zur Insel führt eine Brücke — seht Ihr? Eine schmale Brücke zwar, aber sie wird genügen. Es sei denn, Mayana hat einen Drachen als Wache aufgestellt.«

6 Mayana

> Vorbei an hohen Obelisken, seetanggeschmückt,
> Treiben die bleichen Toten von einst,
> Liebende, Fürsten, die nichts mehr schmerzt,
> Weder durch Lippen noch Dolche verwundbar. *Die versunkenen Türme*

Vom Saum der Klippen zweigte eine schmale Felsbrücke ab, ein natürliches Gebilde, durch Wind und Regen verwittert. Sie endete auf einem zerklüfteten Sims, an dessen Ende ein schwarzes Loch klaffte. Elak sagte: »Lycon, du wartest hier! Ich muß diesen Weg allein gehen!«

Der kleine Mann protestierte, Lästerungen ausstoßend, doch Elak blieb fest. »Es ist sicherer, denn so tappen wir nicht beide in dieselbe Falle. Wenn ich bis Sonnenuntergang nicht zurück bin, kommst du nach — du wirst mir vielleicht helfen können.« Lycon sah ein, daß Elak recht hatte. Er zuckte die Achseln.

»Gut also. Ich werde in Ayngers Höhle warten. Sein Met war gut und stark. Ich kann es kaum erwarten, noch mehr davon zu genießen. Viel Glück, Elak!«

Elak nickte ihm zu und machte sich auf den Weg über die Brücke. Er fühlte sich sicherer, wenn er nicht in die Tiefe sah, doch das brandende Tosen der Brecher drang beunruhigend von unten herauf. Seevögel schrien und kreischten. Der Wind zerrte an Elaks schwankendem Körper.

Doch schließlich war er am anderen Ende angelangt und spürte sicheren Felsgrund unter seinen Sandalen. Ohne sich umzublicken, betrat er den Höhleneingang. Fast gleichzeitig wurden alle Geräusche von außen schwächer, und es wurde stiller und stiller.

Der Weg führte bergab — allem Anschein nach ein natürlicher Durchgang, der sich in vielen Windungen durch den Fels schlängelte. Sand, stellenweise mit Muschelresten vermengt, knirschte unter seinen Füßen. Eine Zeitlang herrschte vollkommene Finsternis, dann breitete sich ein schwacher grünlicher Schimmer aus, der vom Sand auszugehen schien.

Es herrschte völlige Stille.

Der Tunnel führte noch immer bergab, bis Elaks Fuß endlich Feuchtigkeit spürte. Er zögerte und sah sich um. Die Felswände waren feucht beschlagen. Feuchter, salziger Geruch drang in seine Nase. Er lockerte das Rapier in der Scheide und ging weiter.

Der grüne Schein wurde heller, als der Gang eine Biegung machte. Elak ging um die Ecke. Voll Staunen stockte sein Schritt. Vor ihm weitete sich eine riesige Höhle.

Ihre Größe wirkte beängstigend. Von der niedrigen Decke hingen Myriaden Formen und Farben von Stalaktiten über der Weite des unterirdischen Sees. Überall der grüne Schimmer. Das Gewicht der darüberliegenden Insel schien erstickend auf der

Höhle zu lasten, obzwar die Luft, trotz des Salzgeruches, ausreichend frisch war.

Zu seinen Füßen erstreckte sich ein sandiges, halbmondförmiges Strandstück, das bis zur glatten Fläche des Sees führte. Weiter draußen, in der Tiefe des Sees, konnte er undeutliche Schatten sehen, die an versunkene Bauwerke gemahnten — verfallene Peristyle und Säulen — und weiter draußen, inmitten des Sees, ein Eiland.

Es wurde von Ruinen aus Marmor gekrönt. Nur in der Mitte war ein kleiner Tempel, der völlig erhalten schien. Inmitten der Ruinen erhob er sich in kühler weißer Vollendung. Rings umher die tote und verfallene Stadt, bis zum Saum des Wassers reichend und darunter sich fortsetzend. Eine versunkene, vergessene, große Stadt lag vor Elaks Blicken da.

Stille und die blaßgrüne weite Fläche des spiegelglatten Sees.

Leise rief Elak: »Mayana!«

Keine Antwort.

Stirnrunzelnd überdachte Elak die vor ihm liegende Aufgabe. Er war der festen Überzeugung, daß sich die Gesuchte in dem Tempel auf dem Eiland befand, sah aber keinen Weg, der hinführte. Er mußte also schwimmen. Und in dem reglosen Grün des Wassers lag etwas Unheimliches.

Mit einem Schauder watete Elak ins Wasser. Eisige Kälte umspülte seine Beine, kroch höher bis an Lenden und Mitte. Er schwamm mit kräftigen Stößen und kam zunächst ohne Schwierigkeiten gut voran.

Der Salzgehalt bewirkte, daß er vom Wasser getragen wurde. Doch als Elak zur Insel hinübersah, schien sie kein Stück nähergerückt. Ärgerlich tauchte Elak das Gesicht ins Wasser und stieß sich wild mit den Füßen vorwärts. Unter Wasser öffnete er die Augen und sah in die Tiefe. Und er sah unter sich die versunkene Stadt.

Seltsam und unheimlich über alle Maßen war es, über den vibrierenden Umrissen der Marmorruinen dahinzutreiben. Straßen, Häuser und verfallene Türme, kaum verschleiert von dem durchscheinenden Wasser, und doch von vager, schattenhafter Unbestimmtheit, die sie halb-unwirklich erscheinen ließ. Hauchzartes Grün schwebte über der Stadt. Eine Stadt der Schatten.

Und die Schatten waren in Bewegung und trieben im gezeitenlosen Gewässer, krochen langsam gleich Flecken über den Marmor. Vor Elaks Augen nahmen sie Formen an.

Keine Formen des Meeres — nein. Schatten von Menschen bewegten sich in der versunkenen Metropole. Mit seltsamen gleitenden Bewegungen gingen sie hin und her. Sie trafen aufeinander und berührten sich und lösten sich wieder voneinander, seltsame Abbilder des Lebens.

Beißende, atemberaubende Kälte füllte Elaks Mund und Nase. Er spie Wasser aus und schlug um sich, weil er gewahr wurde, daß er weit unter der Oberfläche trieb, weil er unbewußt den Atem angehalten hatte und in die Tiefe gesunken war. Jetzt kämpfte er sich nach oben.

Das fiel ihm merkwürdigerweise sehr schwer. Weiche Arme schienen ihn zu erfassen. Das Wasser wurde dunkler. Doch sein Haupt durchstieß die Oberfläche, und tief sog er die kalte Luft ein. Nur mit aller Kraft schwimmend, konnte er sich vor dem Sinken bewahren. Ein unerklärlicher Zug zerrte ihn nach unten.

Elak tauchte wieder unter. Seine Augen waren offen, und so sah er weit unter sich in der versunkenen Stadt Bewegung. Die Schatten — Formen wirbelten empor, stiegen immer höher, drehten sich wie Herbstblätter — und stiegen zur Oberfläche auf. Und Schatten umringten Elak und banden ihn mit Fesseln aus Gaze. Faserig und zäh wie Spinnenfäden hafteten sie an ihm.

Die Schatten zogen ihn hinunter in die schimmernden Tiefen.

Verzweifelt stieß er um sich. Noch einmal durchstieß sein Kopf die Wasseroberfläche. Er sah das Eiland, diesmal schon viel näher.

»Mayana!« rief er. »Mayana!«

Rauschende Bewegung erschütterte die Schatten. Spöttisches Lachen schien sie wie Gekräusel zu durchlaufen.

Wieder kamen sie ganz nahe heran, trübe, nicht greifbar, unwirklich. Abermals ging Elak unter, zu erschöpft um zu kämpfen, und er ließ den Schatten ihren Willen mit ihm. Innerlich schrie er verzweifelt nach Mayana und kämpfte darum, ihren Beistand zu gewinnen.

Die Wasser wurden heller. Der grüne Schein schimmerte smaragdhell. Seltsam zögernd schienen die Schatten innezuhalten, als lauschten sie. Und dann, ganz plötzlich, rückten sie Elak näher. Sie trugen ihn durch das Wasser. Sein Bewußtsein nahm die rasche Fortbewegung inmitten wirbelnden grünen Feuers auf.

Die Schatten zogen ihn zum Eiland, hoben ihn wie auf einer Woge empor und setzten ihn an den Strand.

Das grüne Licht schwächte sich ab. Würgend und keuchend stand Elak auf. Er sah sich um.

Die Schatten waren verschwunden. Nur die Weite des reglosen Sees. Er stand inmitten der Ruinen des Eilands.

Hastig schwankte er vom Ufer fort, kletterte über geborstene Säulenplatten und umgestürzte Säulen und bahnte sich den Weg zum Tempel in der Mitte. Dieser erhob sich auf einem kleinen freien Platz und schien von der Zeit unberührt. Die Steine waren jedoch fleckig und bar jeder Farbe.

Die eherne Tür stand offen. Unsicher erstieg Elak die Treppe und hielt an der Schwelle inne. Er blickte in einen kahlen Raum, der, vom vertrauten grünen Licht erleuchtet, nichts als einen Vorhang an der gegenüberliegenden Seite aufwies. Der Vorhang war aus einem metallenen Stoff und mit dem Dreizack des Meeresgottes geschmückt.

Bis auf Elaks hastige Atemzüge war es still. Und dann drang unvermittelt hinter dem Vorhang leises Geplätscher hervor. Der Vorhang teilte sich.

Dahinter war grünes Licht, so strahlend, daß man nicht hinsehen konnte. Einen Augenblick lang hob sich gegen die Helligkeit eine Gestalt als Silhouette ab — eine Gestalt von überirdischer Zartheit und Größe. Elak sah sie nur eine Sekunde lang, dann schwang der Vorhang wieder zurück, und die flüchtige Erscheinung war verschwunden.

Flüstern drang durch den Tempel, dann eine Stimme, wie das leise Murmeln kleiner, sich kräuselnder Wellen. Und sie sagte:

»Ich bin Mayana. Warum suchst du mich?«

7 *Karkora*

> Und ich sah dem Meer ein Ungeheuer entsteigen, mit zehn Hörnern und sieben Häuptern, und auf den Hörnern zehn Diademe und auf den Köpfen Namen der Sünde, und der Drachen verlieh ihm seine Kraft und seinen Thron und große Macht. *Offenbarung 13:1*

Elaks nasse Hand griff zum Rapier. Das Flüstern hatte zwar

nicht bedrohlich, doch seltsam geklungen — nicht — menschlich. Und die Silhouette, die er gesehen, war nicht die eines irdischen Weibes.

Doch er antwortete ganz ruhig und ohne Zittern in der Stimme:

»Ich strebe nach dem Drachenthron von Cyrena. Und ich komme zu dir, um Beistand gegen Karkora zu erbitten.«

Schweigen. Als das Wispern wiederkam, lag alle Trauer von Wogen und Wind in ihm. »Muß ich dir beistehen? Gegen Karkora?«

»Du weißt, welches Wesen er ist?« fragte Elak.

»Ja, das weiß ich sehr wohl.« Der metallische Vorhang erbebte. »Setz dich. Du bist müde. Wie nennt man dich?«

»Elak.«

»Elak, so höre denn! Ich will dir vom Kommen Karkoras und von Erykion, dem Zauberer, berichten. Und von Sepher, den ich geliebt habe.« Nach einer Pause ertönte wieder das leise Flüstern.

»Wer ich bin, was ich bin — das brauchst du nicht zu wissen, aber du mußt begreifen, daß ich nicht völlig von Menschart bin. Meine Ahnen lebten in dieser versunkenen Stadt. Und ich — ja, zehn Jahre lang habe ich menschliche Gestalt angenommen und mit Sepher als dessen Gemahlin gelebt. Ich liebte ihn. Und ich habe immer gehofft, ihm einen Sohn schenken zu können, der eines Tages den Thron besteigen würde. Meine Hoffnung war vergeblich, das glaubte ich jedenfalls.

Am Hofe lebte Erykion, ein Zauberer. Sein Zauber war nicht jener der Meere, sanft und freundlich wie die Wellen, sondern von dunkler Art. Erykion grub in verfallenen Tempeln und brütete über vergessenen Schriften voll seltsamer Kunde. Seine Blicke gingen sogar in eine Zeit zurück, bevor das Meervolk den Lenden Poseidons entsprang, und er öffnete die verbotenen Pforten von Raum und Zeit. Er bot mir an, mir zu einem Kind zu verhelfen, und zu meinem Kummer habe ich auf ihn gehört.

Ich werde dir nicht von den Monden berichten, die ich in seltsamen Tempeln verbrachte, vor fürchterlichen Altären. Ich werde dir nicht von Erykions Zauberei berichten. Ich gebar einen Sohn — tot.«

Der Silbervorhang bebte. Lange dauerte es, bis die unsichtbare Sprecherin wieder redete. »Und dieser Sohn war gräßlich. Er war mißgebildet auf eine Weise, die ich mir gar nicht ins Gedächtnis zurückrufen darf. Zauberei hatte ihn unmenschlich werden lassen. Dennoch — er war mein Sohn, der Sohn meines Gemahls, und ich liebte ihn. Als Erykion anbot, ihm Leben zu verleihen, nahm ich an, sogar um den Preis, den er forderte — obwohl der Preis das Kind selbst war.

›Ich werde ihm nichts Übles antun‹, sagte Erykion. ›Nein, ich werde ihm Kräfte verleihen, die über jene eines Gottes oder Menschen hinausgehen. Eines Tages wird er diese und andere Welten beherrschen. Du mußt ihn mir nur geben, Mayan!‹ Und ich hörte auf ihn.

Von Erykions Zauberkünsten weiß ich wenig. Während ich ihn trug, war etwas in den Körper meines Sohnes gefahren — was dieses Ding war, weiß ich nicht. Es war tot und erwachte. Erykion hat es erweckt. Und er nahm dieses blinde, taube, verstümmelte Menschenkind und trug es in seine Behausung in den Tiefen der Berge. Dank seiner Zauberei beraubte er es um jeden seiner fünf Sinne. Nur das Leben blieb übrig — und der unbekannte Bewohner darin.

Ich crinnere mich, daß Erykion mir einst etwas gesagt hatte: ›Wir tragen in uns einen sechsten Sinn, einen urzeitlichen und untergegangenen, der sehr mächtig sein kann, wenn er einmal zutage gefördert wird. Ich weiß, wie man es anstellt. Das Gehör eines Blinden kann sehr scharf werden — seine Kraft entfaltet sich in den übriggebliebenen Sinnen. Wenn ein Kind bei der Geburt aller fünf Sinne beraubt wird, wird seine Kraft ganz in den sechsten Sinn schlüpfen. Meine Zauberkunst vermag das mit Sicherheit zu bewirken.‹ Und so hat Erykion aus meinem Menschenkind ein blindes und taubes Wesen gemacht, das fast kein Bewußtsein hatte. Jahrelang wirkte seine Zauberei und öffnete die Pforten von Zeit und Raum und ließ fremde Mächte hindurch. Und dieser sechste Sinn im Kinde wurde stärker. Und der Bewohner seines Bewußtseins wurde groß, frei von irdischen Fesseln, die die Menschen binden. Das ist mein Sohn — mein Menschenkind — Karkora, der Bleiche!«

Schweigen. Und dann wieder das Wispern.

»Doch ist es nicht ganz abwegig, daß ich Karkora nicht hasse und verachte. Ich weiß, er ist brennender Schrecken und ein Ding, das nicht existieren sollte. Doch ich habe ihm das Leben geschenkt. Als er das Wesen Sephers, seines Vaters, in Besitz nahm, floh ich in dieses Schloß. Hier lebe ich allein mit meinen Schatten. Ich ringe um Vergessen, daß ich einst Wiesen mit ihren Herden und den Himmel der Erde gekannt habe. Hier, in meinem eigenen Heim, fand ich Vergessen. Und du suchst mich, um von mir Beistand zu erbitten!« Das leise Murmeln verriet Unwillen. »Beistand zur Zerstörung dessen, was aus meinem Fleisch kam!«

Elak sagte leise: »Ist denn Karkora Fleisch — dein Fleisch?«

»Bei Vater Poseidon, nein! Ich habe das Menschliche an Karkora geliebt, und davon ist jetzt wenig übrig. Der Bleiche ist — ist . . . er hat tausend schreckliche Kräfte durch seinen seltsamen Sinn. Dieser hat ihm Pforten geöffnet, die besser verschlossen geblieben wären. Er wandelt in anderen Welten, jenseits dunkler, lichtloser Meere, über dem nächtlichen Nichts jenseits der Erde. Und ich weiß, daß er danach strebt, seine Herrschaft überallhin auszubreiten. Kiriath ist ihm zugefallen, und auch Cyrena, wie ich glaube. Mit der Zeit wird er ganz Atlantis an sich reißen — und noch mehr.«

Elak fragte: »Was ist mit Erykion, dem Zauberer.«

»Ich weiß es nicht«, sagte Mayana. »Vielleicht lebt er noch mit Karkora in seiner Zitadelle. Schon seit Jahren habe ich den Hexer nicht gesehen.«

»Kann denn Karkora nicht getötet werden?«

Eine lange Pause entstand. Dann sagte das Flüstern: »Ich weiß nicht. Sein Körper, der in der Zitadelle liegen mag, ist sterblich, doch das, was in ihm wohnt, ist es nicht. Selbst wenn du den Leib Karkoras erreichen würdest, könntest du ihn dennoch nicht töten.«

»Nichts kann also den Bleichen töten?« fragte Elak.

»Stelle mir diese Frage nicht«, sagte Mayanas Stimme mit unwilliger Eindringlichkeit. »Ein Ding, einen Talisman gibt es — und diesen kann und will ich dir nicht geben.«

»Ich bin gewillt, diesen Talisman mit Gewalt von dir zu fordern«, sagte Elak langsam, »wenn ich es kann. Doch das wünsche ich mir nicht.«

Von jenseits des Vorhanges drang ein Geräusch, das ihn aufhorchen ließ, ein leises, hoffnungsloses Schluchzen, das alle tiefe Trauer eines leiderfüllten Meeres enthielt. Gebrochen sagte Mayana:

»In meinem Königreich ist es kalt, Elak, kalt und einsam, und ich habe keine Seele, nur mein Leben, solange es dauert. Meine Zeit ist lange bemessen, doch wenn sie endet, wird es nur Dunkelheit geben, denn ich stamme aus dem Meervolk. Ich habe eine Zeit auf Erden verbracht, Elak, und möchte wieder dort weilen. Auf grünen Wiesen mit hellen Kornblumen und fröhlichen Gänseblümchen im Gras — wo die frischen Winde der Erde mich liebkosen. Herdfeuer, Klang menschlicher Stimmen und die Liebe eines Mannes — mein Vater Poseidon weiß, wie sehr ich mich nach all dem sehne.«

»Der Talisman« sagte Elak.

»Ach, der Talisman! Du sollst ihn nicht haben!«

Ganz ruhig sagte Elak: »Was für eine Welt wird es sein, wenn Karkora herrschen wird?«

Ein zitterndes Atemholen, und dann sagte Mayana: »Du hast recht! Du sollst den Talisman haben, falls du ihn brauchen solltest. Es kann ja sein, daß du Karkora ohne ihn besiegen kannst. Ich kann nur beten, daß es so werde. Du hast also mein Wort: In der Stunde der Not — aber nicht eher — werde ich dir den Talisman senden. Und jetzt gehe! Karkora hat in Sepher ein irdisches Gefäß. Töte Sepher. Reich mir deine Klinge, Elak!«

Schweigend zog Elak sein Rapier heraus und reichte es ihr mit dem Heft voran. Der Vorhang teilte sich, und eine Hand glitt hervor. Eine Hand — nicht menschlich. Sonderbar! Sehr schlank und bleich, milchweiß, mit einem schwachen Anflug von Fischschuppen auf der glatten zarten Haut. Die Finger sehr schlank und sehr lang, ohne Gelenke. Zwischen den Fingern durchscheinende Schleier.

Die Hand ergriff Elaks Waffe und verschwand hinter dem Vorhang. Dann tauchte sie wieder mit der Waffe auf. Die Klinge glühte mit hellgrünlicher Strahlung.

»Jetzt wird dein Stahl Sepher schlagen. Und er wird ihm Frieden geben.« Elak erfaßte das Heft. Die unirdische Hand machte schnell eine uralte Beschwörungsgeste über der Waffe.

»So sende ich Sepher, meinem Gemahl, eine Botschaft. Und Elak, töte ihn rasch. Ein Stoß ins Auge, ins Gehirn geführt, wird nicht zu schmerzhaft sein.«

Und dann wurde die Hand plötzlich ausgestreckt und berührte Elaks Stirn. Benommenheit, wilde Verzückung durchflutete ihn in heißen Wogen. Mayana flüsterte:

»Du sollst von meiner Kraft trinken, Elak. Sonst darfst du

nicht hoffen, gegen Karkora zu bestehen. Bleib einen Mond lang bei mir — und labe dich an Meereskraft und an dem Zauber Poseidons.«

»Einen Mond lang —«

»Zeit gibt es hier nicht. Du wirst schlafen, und während des Schlafens wird sich die Kraft in dich ergießen. Und wenn du erwachst, magst du in den Kampf ziehen — gestärkt!«

Schwindelgefühl übermannte Elak. Er fühlte, wie ihn die Sinne verließen. Er flüsterte. »Lycon — ich muß ihm eine Botschaft senden . . .«

»Sprich zu ihm, und er wird dich hören. Meine Zauberkunst wird ihm die Ohren öffnen.«

Leise, wie aus großer Entfernung, hörte Elak Lycons erschrockene Stimme. »Wer ruft mich? Seid Ihr es, Elak? Wo denn? Ich sehe niemanden auf dieser einsamen Klippe.«

»Sprich zu ihm!« befahl Mayana. Und Elak gehorchte.

»Ich bin in Sicherheit, Lycon. Hier muß ich einen Mond lang bleiben. Allein. Du darfst nicht warten. Ich habe für dich eine Aufgabe.«

Ein unterdrückter Fluch war hörbar. »Welche Aufgabe?«

»Geh nach Norden, nach Cyrena. Suche Dalan. Solltest du ihn nicht finden, dann sammle ein Heer. Cyrena muß bereit sein, wenn Kiriath marschiert. Wenn du Dalan findest, sag ihm, was ich getan habe. Ich werde in einem Monat bei ihm sein. Und dann laß deine Schritte von dem Druiden lenken. Und — Ishtar leite dich, Lycon!«

Leise kam die entfernte Stimme: »Und Mutter Ishtar sei dein Schild! Ich gehorche. Ade!«

Grüne Dunkelheit hüllte Elak ein.

Durch geschlossene Augenlider sah er undeutlich, daß der Vorhang zur Seite glitt und eine dunkle Silhouette sich auf ihn zubewegte — eine schlanke Gestalt von übermenschlicher Größe, die dabei durchaus zart und weiblich war. Mayana vollführte eine befehlende Geste — und die Schatten schwebten in den Tempel.

Sie senkten sich auf Elak und brachten ihm Dunkelheit und kühlende, besänftigende Stille. Er ruhte und schlummerte, und die zauberische Kraft der Meerfrau ergoß sich in die Festung seiner Seele.

Sternenstaub zu Füßen
Sternenglanz zu Häupten
Trümmer des Zorns stürzten,
Als wir stritten und kämpften.
Welten auf Welten warfen wir weg
und streuten sie da und dorthin
In der Nacht, als Walhalla gestürmt ward,
Vor einer Million Jahren! *Kipling*

Der Mond nahm zu, und er nahm ab und schließlich erwachte Elak am Strand neben dem Höhleneingang, der zur Oberwelt führte. Still lag der unterirdische Weiher zu seinen Füßen, noch immer in das sanfte grüne Licht getaucht. In der Ferne war die Insel, und er konnte die weißen Umrisse des Tempels darauf unterscheiden. Der Tempel, in dem er einen Mond lang geschlummert hatte. Kein Zeichen eines Lebens war zu sehen. In den Tiefen unter ihm rührten sich keine Schatten. Doch in sich spürte er eine verborgene Kraftquelle, die er vordem nicht gehabt hatte.

Nachdenklich folgte er seiner Spur durch den gewundenen Gang, über die Felsenbrücke zu der hohen Rampe des Plateaus. Die Ebene lag verlassen vor ihm. Die Sonne senkte sich im Westen, und vom Meer her blies ein rauher Wind.

Elak zuckte die Achseln. Sein Blick wanderte nordwärts, und seine Hand griff nach dem Heft des Rapiers.

»Als erstes ein Pferd«, brummte er. »Und dann — Sepher! Eine Klinge für des Königs Kehle!«

Das war der Grund, warum ein Söldner zwei Stunden später tot dalag. Blut färbte sein Wams. Und Elak galoppierte auf einem gestohlenen Roß nach Norden. Schonungslos und schnell ritt er durch Kiriath, und die sausenden Winde trugen Geflüster an sein Ohr. Es berichtete, daß Sepher nicht mehr in der Stadt weilte. Als Anführer eines riesigen Heeres war er auf dem Weg nach Norden, zur Pforte, dem Bergpaß, der nach Cyrena führte. Auf seinen Befehl strömten Krieger, Söldner und Abenteurer bis von den äußersten Grenzen Kiriaths herbei, um unter Sepher zu dienen. Der Sold war hoch, und Sepher versprach reiche Beute — die Schatzkammer von Cyrena.

Eine Blutspur kennzeichnete Elaks Pfad. Zwei Pferde ritt er

zu Tode. Doch schließlich lag die Pforte hinter ihm. Er war durch den Wald Sharn gedonnert und hatte den Strom Monra durchritten. Am Horizont ragte eine Festung empor. Elaks Ziel. Hier hatte Oreander regiert. Hier stand der Drachenthron, das Herz Cyrenas.

Elak ritt über die Zugbrücke in den Burghof ein. Er warf die Zügel einem gaffenden Diener zu, sprang vom Pferd und querte den Hof. Er kannte hier jeden Schritt. In dieser Burg hatte seine Wiege gestanden.

Nun kam der Thronsaal, groß und hoch. Die Nachmittagssonne schien warm herein. Hier waren Männer versammelt. Die Fürsten und Herren von Cyrena, Barone, Herzöge und geringere Edle. Und neben dem Thron — Dalan! Bei ihm stand Lycon, das runde Gesicht ungewohnt verhärtet. Zur Abwechslung war er nüchtern.

»Bei Mider!« brüllte Lycon. »Elak! Elak!«

Der so Gerufene bahnte sich einen Weg durch die unentschlossene, murmelnde Menge. Neben dem Thron blieb er stehen. Seine Hand faßte nach Lycons Schulter und drückte sie schmerzhaft. Der kleine Mann grinste.

»Ishtar sei gelobt«, murmelte Lycon. »Jetzt kann ich mich wieder betrinken.«

Dalan sagte: »Elak, ich habe Euch in der Kristallkugel beobachtet. Doch ich konnte Euch nicht beistehen. Der Zauber des Bleichen hat meinen eigenen Zauber aufgehoben. Doch Ihr verfügt jetzt über andere Zauberkräfte — die Magie des Meeres!« und er wandte sich an die Menge. Seine erhobenen Arme brachten sie zum Schweigen.

»Das ist euer König!« rief Dalan.

Stimmen erhoben sich, einige beifällig, einige jedoch in wütendem Protest und in Ablehnung. Ein großer hagerer Mann rief: »He — das ist Zeulas, der wieder zurückgekehrt ist. Oreanders Bruder!«

»Schweig, Hira!« gebot ein anderer. »Diese Vogelscheuche — Cyrenas König?«

Elak errötete und trat einen halben Schritt vor. Dalans Stimme ließ ihn innehalten.

»Du glaubst es nicht, Gorlias?« fragte er. »Kennst du einen würdigeren Mann? Oder möchtest etwa *du* auf dem Drachenthron sitzen?«

Gorlias blickte den Druiden mit seltsam erschrockener Miene an. Er verstummte und wandte sich ab. Die anderen stimmten erneut einen Chor des Haders an.

Hira gebot Schweigen. Sein hageres Gesicht triumphierte: »Es gibt eine sichere Probe. Er müßte sie bestehen!« Er wandte sich an Elak. »Seit Oreanders Tod haben die Herren von Cyrena wie eine Herde knurrender Hunde gekämpft. Alle wollten sich des Thrones bemächtigen. Baron Kond hat lauter als alle anderen geschrien, und so bot ihm Dalan den Drachenthron an, im Namen Miders, wenn er ihn halten könne.«

Die anderen flüsterten leise. Es schien, als fühlten sie sich unwohl, doch Hira fuhr fort: »Kond hat die Empore vor einem Monat bestiegen und sich auf den Thron gesetzt. Und er ist hingerafft worden! Die Feuer des Mider haben ihn getötet.«

»Ach so«, flüsterte Gorlias. »Soll doch dieser Elak den Thron besteigen!«

Jetzt erhob sich ein Chor der Zustimmung. Lycons Miene zeigte Besorgnis. Er murmelte: »Es ist wahr, Elak. Ich habe es gesehen. Rotes Feuer kam aus dem Nichts und hat Kond zu Asche verbrannt.«

Dalan schwieg. Sein häßliches Gesicht war unbeteiligt. Elak, der den Druiden beobachtet hatte, konnte den schwarzen Augen keine Botschaft entnehmen.

Gorlias sagte: »Wenn Ihr Euch auf dem Thron behaupten könnt, dann werde ich Euch folgen. Wenn nicht — dann werdet Ihr tot sein. Nun?«

Elak sagte nichts darauf. Er wandte sich um und stieg zur Empore hinauf. Einen Augenblick lang hielt er vor dem großen Thron von Cyrena inne. Sein Blick blieb an den goldenen Drachen hängen, welche die Rückenlehne und die Armlehnen des Thronsessels bildeten. Seit undenklichen Zeiten hatten die Könige von Cyrena von diesem Sitz aus regiert, ehrenhaft und ritterlich. Und jetzt fiel Elak ein, daß er sich in Poseidonia noch selbst für unwürdig gehalten hatte, den Thron zu besteigen.

Würden ihn die Feuer Miders töten, wenn er den Platz seines toten Bruders einnahm?

Still betete Elak zu seinem Gott. »Wenn ich unwürdig bin«, sprach er zu Mider, zwar ohne Spur von Unehrerbietigkeit, aber wie ein Soldat zum anderen, »dann töte mich lieber, als daß der Thron entehrt werde. Das Urteil steht bei dir!«

Er nahm seinen Platz auf dem Drachenthron ein.

Wie ein Leichentuch breitete sich Schweigen über den Saal. Die Gesichter der Menge waren aufmerksam und gespannt. Lycons Atem ging schnell. Die Hände des Druiden, verborgen unter dem braunen Gewand, vollführten eine hastige, verstohlene Geste. Geräuschlos bewegte er seine Lippen.

Über dem Thron flammte rotes Licht auf. Ein Schrei erfüllte den Raum und schwoll an, wortlos, angsterfüllt. Die Feuer des Mider flammten in strahlender Helligkeit und umhüllten Elak!

Sie verbargen ihn wie unter einem zuckenden roten Tuch. Sie züngelten und brannten mit heißen Strahlen. Sie formten sich zu einer seltsamen fantastischen Form — einer sich windenden Silhouette, die immer deutlicher Gestalt annahm.

Eine Drachenflamme umzüngelte Elak!

Und dann war sie verschwunden. Lycon stieß einen seiner Flüche aus. Die anderen gerieten in ein wirres Durcheinander — nur Dalan stand reglos da und lächelte.

Und auf dem Drachenthron saß Elak — unversehrt! Kein Feuerhauch hatte ihn versengt oder verbrannt. Keine Hitze hatte seine Haut gerötet. Seine Augen blitzten. Er sprang auf und zog sein Rapier. Wortlos reckte er es in die Höhe.

Waffengeklirr erklang. Ein Wald aus hellem Stahl wuchs empor. Ein lauter Ruf erhallte. Die Herren von Cyrena gelobten ihrem König die Treue!

Elak aber wußte, daß seine Aufgabe kaum erst begonnen hatte. Die Armeen Sephers waren noch nicht in Cyrena eingedrungen. Der König von Kiriath wartete hinter der Gebirgskette, bis er seine volle Stärke um sich gesammelt hatte. Doch würde er bald marschieren, und Cyrena mußte dann gerüstet sein, um Widerstand leisten zu können.

»Karkora ist nicht in Kiriath eingedrungen«, sagte Elak eines Tages zu Dalan, als sie durch den Wald Sharn ritten. »Er drang statt dessen in das Wesen des Königs ein. Warum also muß sich der König auf Armeen stützen, um Cyrena zu erobern?«

Dalans unförmiges braunes Gewand flatterte gegen die Flanken seines Pferdes. »Hast du Oreander vergessen? Karkora hatte es bei ihm versucht — und hat es nicht geschafft. Und dann folgte kein Alleinherrscher mehr. Hätte sich Karkora des Wesens von Kond oder Gorlias bemächtigt, hätte er noch immer die anderen Edlen gegen sich gehabt. Und Cyrena muß er erobern, denn es ist ein Bollwerk Miders und der Druiden. Karkora weiß, daß er erst uns vernichten muß, ehe er diese und andere Welten beherrschen kann. Aus diesem Grund benützt er Sepher und die Armee Kiriaths. Er hat bereits Befehl gegeben, jeden Druiden zu erschlagen.«

»Wie steht es mit Aynger?« fragte Elak.

»Heute ist von ihm Botschaft gekommen. Er hat in den Bergen jenseits der Pforte seine Amenalker gesammelt. Sie warten auf ein Wort von uns. Es sind zwar Barbaren, Elak, aber gute Verbündete. Sie kämpfen wie tollwütige Wölfe.«

Cyrena griff zu den Waffen. Von Gehöft und Herrengut, Burg und Zitadelle, Stadt und Festung strömten die Eisenmänner zusammen. Die Straßen schimmerten von hellem Stahl und dröhnten unter dem Stampfen der Roßhufe. Die Drachenbanner flatterten in den eisigen Winterwinden.

Erhebt und bewaffnet euch! Im Namen Miders und des Drachen — zieht die Klinge! So riefen die Boten. So wurde die Botschaft weitergegeben. Erhebt euch gegen Kiriath und Sepher!

Die Schwerter zur Verteidigung Cyrenas blitzten hell. Sie dürsten nach Blut.

Und Sepher von Kiriath ritt gegen Norden, gegen den Drachen.

9 Der Hammer Ayngers

> Und seltsame Weisen kamen mit ihm,
> Laut und doch so fern,
> Die wilden Pfeifen der Westgefilde,
> Zu hoch dem Verständnis,
> Sangen schrill und voll des Todes,
> Als die Toten zum Kampf zogen.
>
> *Chesterton*

Der erste Schnee des Winters lag weiß an der Pforte. Und rund umher erhoben sich die hohen, eisigen Gipfel der Gebirgsmauer. Ein scharfer Wind wehte durch den Paß. Innerhalb eines Monats würden tiefer Schnee und Lawinen die Pforte unwegsam machen.

Der Himmel war wolkenlos und von frostigem Hellblau. In der dünnen Luft sah man alles in erschreckender Klarheit. Stimmen wurden sehr weit getragen, ebenso das Knirschen von

Schnee unter den Schritten, wie das Krachen sich spaltender Felsen, in die sich die eisenharte Kälte tief einschnitt.

Der Paß war sieben Meilen lang und verengte sich nur an wenigen Stellen. Den längsten Teil der Strecke bildete er ein breites Tal, von zackigen Felsen umrahmt, die sich da und dort zu Seitentälern öffneten.

Die Dämmerung war im Osten aufgeflammt und hatte zugenommen. Die Sonne hing jetzt über einem schneebedeckten Gipfel. Südlich einer engen Stelle der Pforte wartete ein Teil der Armee Cyrenas. Dahinter Verstärkungen. Auf den Felsvorsprüngen standen Bogenschützen und Armbrustschützen, die darauf warteten, über die Eindringlinge Tod regnen zu lassen. Stahlsilber bewegte sich von einem Hintergrund weißen Schnees und düsterer, schwarzer Felsen.

Elak stand, hoch zu Roß, auf einer kleinen Anhöhe. Hira ritt zu ihm hinauf, das hagere Antlitz hellwach, Kampflust in den Augen. Er salutierte.

»Die Bogenschützen haben Stellung bezogen und sind bereit. Wir haben Felsbrocken und Geröll zur Hand, um die Armee Sephers zu zerschmettern, sollte sie sich zu weit vorwagen.«

Elak nickte. Er trug einen Kettenpanzer, mit Gold belegt, und einen knappsitzenden Helm aus schimmerndem Stahl. Sein Wolfsgesicht war gespannt vor Erregung, und er faßte die Zügel knapper, als sein Pferd zu tänzeln anfing.

»Gut, Hira! Du führst hier den Befehl. Ich vertraue deinen Entschlüssen.«

Als Hira wegritt, kamen Dalan und Lycon, letzterer hochrot und unsicher im Sattel. Er griff nach einem Trinkhorn, aus dem er gelegentlich Met in sich hineingoß. Sein langes Schwert schlug gegen die Flanken seines Pferdes.

»Die Sänger werden auf diese Schlacht ein Lied machen«, bemerkte er. »Sogar die Götter werden den Kampf mit einigem Interesse verfolgen.«

»Versündige dich nicht«, sagte Dalan und wandte sich Elak zu. »Ich habe eine Botschaft von Aynger. Seine wilden Amenalker warten in diesem Seitental —« er wies mit der Hand in die Richtung —« und er wird kommen, wenn wir ihn brauchen.«

»Ja«, mischte Lycon sich ein. »Ich habe sie gesehen. Tollwütige und Dämonen. Sie haben sich himmelblau bemalt und sind mit Sicheln, Dreschflegeln, Hämmern und ähnlichen Geräten bewaffnet. Und sie spielen auf ihren Pfeifen und prahlen, einer lauter als der andere. Und sie überbieten sich im Prahlen. Nur Aynger sitzt still da und liebkost seinen Helmbrecher. Er sieht aus wie ein Standbild, aus grauem Granit gehauen.« Die Erinnerung ließ Lycon erschauern, dann trank er den Rest seines Mets. »Fürwahr, das Horn ist leer. Ich muß für Nachschub sorgen!« und weg war er, im Sattel schwankend.

»Betrunkener kleiner Hund«, bemerkte Elak. »Doch wenn seine Hand nach dem Schwert greift, wird sie sicher sein.«

Aus der Ferne erklang schrill ein Trompetenstoß und hallte zwischen den Gipfeln wider. Jetzt kam die Vorhut von Sephers Armee in einem Stahlgeglitzer von Helmen und erhobenen Lanzenspitzen ins Blickfeld. Sie kamen den Paß entlang, unbeirrbar, unerbittlich, in dichter Schlachtreihe. Die Trompete schmetterte schrill.

Die Trommeln von Cyrena wirbelten ihre Antwort. Sie schwollen zu einem bedrohlichen Tosen an. Zimbeln klirrten. Die Banner des Drachen wehten steif im kalten Wind.

Kiriath ritt ohne Standarte in den Kampf. Still, bis auf das Trampeln von Metallhufen und das zornige Schmettern der Trompete, kamen sie, eine gewaltige Streitmacht, die in das Tal strömte. Pikenträger, Bogenschützen, Berittene, Söldner — sie kamen, begierig nach Eroberung und Plünderung. Elak konnte Sepher nicht ausmachen, obwohl er nach dem König Ausschau hielt.

Langsam wurden die Eindringlinge schneller, zunächst fast unmerklich, dann immer mehr, bis schließlich Kiriath mit gesenkten Lanzen und blitzenden Schwertern durch die Pforte stürmte und donnerte. Drohend schmetterte die Trompete.

Dalan rückte unbehaglich im Sattel zurecht. Er zog seine lange Klinge.

Elak blickte sich um. Hinter ihm wartete die Armee. Alles war bereit.

Der König von Cyrena richtete sich im Steigbügel auf, hob sein Rapier und gab damit das Zeichen.

»Angriff! He — Drache!«

Mit einem Aufschrei fegte Cyrena den Paß hinunter. Immer näher kamen sich die zwei Riesenheere. Die Trommeln verhießen Tod. Von den eisigen Gipfeln widerhallte donnernd das Getöse.

Eine Wolke von Pfeilen schwirrte hernieder. Männer sanken schreiend zu Boden. Und dann prallten die Armeen mit einem Tosen aufeinander, das die Bergwände erzittern ließ.

Es war wie ein Donnerschlag. Vernunft und Disziplin gingen in einem Strudel roten und silbernen Stahls unter, einem Wirbel, einer Lawine geschleuderter Speere, fliegender Pfeile, schneidender Klingen. Elak war sofort vom Feind umringt. Sein Rapier flog schnell wie eine angreifende Schlange bald da, bald dorthin. Schnell war das Schwert blutig gefärbt. Sein Pferd wieherte und sank mit zerschnittener Sehne zu Boden. Elak befreite sich mit einem Sprung und sah Lycon zur Hilfe herbeieilen. Der kleine Mann schwang sein Schwert, das fast so groß war wie er, und seine dicken Finger handhabten es mit erstaunlicher Geschicklichkeit. Er schnitt einem Mann den Kopf ab, zerstörte mit einem gutplazierten Tritt seines stahlbeschuhten Fußes einem anderen das Gesicht — und dann sprang Elak schon auf ein reiterloses Pferd.

Abermals stürzte er sich in das Getümmel. In einiger Entfernung hob und senkte sich der braune Kahlschädel Dalans. Der Druide brüllte wie ein wildes Tier, während sein Schwert hieb, stach und schnitt. Blut durchtränkte das braune Gewand. Dalans Roß schien besessen. Es wieherte schrill, schnaubte durch rote, flammende Nüstern, schnappte wild um sich, bäumte sich auf und stieß mit scharfkantigen Hufen um sich. Druide und Roß wüteten wie eine verheerende Seuche inmitten des Schlachtgetümmels. Schweiß und Blut vermengten sich auf Dalans Krötengesicht.

Endlich erblickte Elak Sepher. Der Herrscher Kiriaths, ein bronzener, bärtiger Riese, überragte seine Männer und focht in tödlicher Stille. Mit Wolfslächeln lenkte Elak sein Pferd in die Nähe des Königs.

Aus der Ferne drang das dünne, hohe Jammern von Pfeifen. Aus dem Seitental strömten Männer herbei — barbarische Männer, halbnackt, die hageren Körper mit Waidfarbe blau bemalt. Die Männer Ayngers! An ihrer Spitze Aynger selbst, mit wehendem weißen Bart, den Helmbrecher schwingend. Der graue Riese sprang auf einen Felsblock und wies auf die Truppen Kiriaths.

»Erschlagt die Unterdrücker!« schrie er. »Tötet! Tötet!«

Die unheimlichen Pfeifen der Amenalker schrillten laut ihre

Antwort. Die blaubemalten Männer fegten vorwärts.

Aus den Reihen Sephers flog ein Pfeil. Er flitzte auf Aynger zu. Der Pfeil drang in seine nackte Kehle, drang tief ein!

Der Führer der Amenalker brüllte auf. Sein Riesenkörper krümmte sich wie ein Bogen. Blut quoll aus seinem Mund.

Ein Bataillon aus den Reihen Kiriaths ging zum Angriff über. Sie stürmten den Amenalkern mit gefällten Lanzen und flatternden Wimpeln entgegen.

Aynger gefallen! Tot stürzte er vom Felsblock in die erhobenen Arme seiner Männer. Ihre Pfeifen schrillten. Die Amenalker flohen, ihren Anführer mit sich tragend, zurück ins Tal.

Fluchend vollführte Elak einen raffinierten Stoß, tötete seinen Angreifer und ritt auf Sepher zu. Sein Schwertgriff war schlüpfrig von Blut. Unter dem Kettenpanzer war sein Leib eine Masse schwerer Verletzungen, aus mehr als einer Wunde strömte das Blut. Sein Atem kam keuchend, der Geruch von Schweiß und geronnenem Blut würgte ihm in der Kehle. Er ritt über einen Boden, der mit gekrümmten Leibern von Menschen und Pferden übersät war.

Ein Stück weiter kämpfte Dalan, der seiner Wut durch Schreien Luft machte. Der Schlachtenlärm brach sich an den aufragenden Felsen und erfüllte mit Dröhnen die Pforte.

Noch immer riefen die Trompeten Kiriaths. Doch die Trommeln und Zimbeln von Cyrena verkündeten ihre Verachtung.

Und noch immer hieb Sepher um sich, kaltblütig, erbarmungslos, das bronzene Gesicht ohne Regung.

Kiriath sammelte sich und griff an. Die Truppen Cyrenas wurden zurückgedrängt und kämpften verzweifelt um jeden Fußbreit Boden. Sie wurden zur Paßenge zurückgetrieben.

Doch schon sandten die Bogenschützen Tod gegen Kiriath.

Mit immer größerer Wucht stürmte die Armee Sephers heran. Panik erfaßte die Reihen Cyrenas. Ein Drachenbanner wurde erobert und von scharfen Klingen zu Fetzen zerschnitten.

Vergeblich bemühte sich Elak, seine Mannen zu sammeln. Vergeblich die drohenden Zurufe des Druiden.

Der Rückzug artete in Flucht und Tumult aus. In den Engpaß flüchtete die Armee, zu einem kämpfenden, ungeordneten Haufen zusammengedrängt. Ein geordneter Rückzug hätte den Tag noch retten können, denn man hätte Kiriath an der engen Stelle des Passes eine Falle stellen und den Feind mit Geröllbrocken, geschleudert von den oben postierten Männern, zerschmettern können. So wie die Dinge jetzt standen, war Cyrena hilflos und wartete nur auf den Todesstoß.

Kiriath schritt zum Angriff.

Ganz plötzlich vernahm Elak eine Stimme. Sie drang aus den Bergen kommend zu ihm. Über den Trompetenstößen war das dünne Heulen von Pfeifen zu hören, das immer lauter und lauter wurde.

Aus dem Seitental stürmten die ungeordneten Haufen der blauen Barbaren von Amenalk. Inmitten der Vorhut lief eine Gruppe von Kriegern nebeneinander her, mit hochgehobenen Schilden. Auf den Schilden lag der tote Aynger!

Unheimlich, geisterhaft wirkte das ohrenbetäubende Schrillen der Pfeifen. Die bemalten Wilden, wahnsinnig von Blutdurst, liefen hinter dem Leichnam ihres Königs her!

Der tote Aynger führte seine Männer in den Kampf!

Die Amenalker überfielen die Nachhut der Angreifer. Dreschflegel, Sicheln und Klingen wurden geschwungen, schimmerten und wurden rottriefend wieder hochgehoben. Ein Riese sprang auf die aus den hochgehobenen Schilden gebildete Plattform und stand über dem Körper Ayngers. In seiner Hand schwang er einen Kriegshammer.

»Helmbrecher«, rief er. »Helmbrecher!«

Dann sprang er herunter. Der große Hammer hob und senkte sich, und er tötete. Helme und Visiere wurden unter den vernichtenden Schlägen gespalten. Der Krieger schwang Helmbrecher in einem roten Todeskreis über sich.

»Helmbrecher! Töte! Töte!«

Unter dem Angriff gerieten die Formationen Kiriaths verwirrt ins Wanken. In dieser Atempause sammelten Elak und Dalan ihre Truppen. Fluchend, schreiend, stahlschwingend peitschten sie Ordnung aus dem Chaos. Elak hob ein Drachenbanner aus dem Staub und hielt es in die Höhe.

Er wandte sein Roß hinunter ins Tal. Mit einer Hand die Standarte haltend, die andere am blanken Rapier, spornte er sein Tier an.

»He — der Drache!« rief er. »Cyrena! Cyrena!«

Und er donnerte auf Kiriath herab. Hinter ihm ritten Lycon und der Druide. Und hinter ihnen die Reste der Armee. Hira führte seine Bogenschützen von den Felsen herab, die Armbrustschützen sprangen wie die Bergziegen aus ihren Stellungen, griffen nach Schwertern und Speeren und folgten ihrem König zu Fuß.

»Cyrena!«

Wieder ertönten Zimbeln und Trommeln. Durch den Tumult stachen die dünnen, unheimlichen Töne der Pfeifen.

»Helmbrecher! Töte! Töte!«

Und dann kam Wahnsinn — eine Hölle brüllenden, roten Kampfes, durch die Elak zum Angriff schritt, Dalan und Lycon an seiner Seite. Sie sprengten direkt auf den struppigen Bart zu, der Sepher kennzeichnete. Immer weiter, über brüllende Pferdeleiber hinweg, über Sterbende, durch einen Strudel blitzenden, dürstenden Stahls, der stieß, hieb und hackte —

Vor Elak wuchs das Gesicht Sephers empor.

Das Bronzegesicht des Königs von Kiriath blieb unbewegt. In seinen kalten Augen lag etwas Unmenschliches. Unwillkürlich überlief Elak ein eisiger Schauer. Als er kurz anhielt, kam Sephers Schwert hoch und sauste mit einem schweren Hieb nieder.

Elak versuchte gar nicht auszuweichen. Er hob sein Rapier, beugte sich im Sattel weit vor und stieß mit der scharfen Klinge zu.

Der verzauberte Stahl drang in Sephers Kehle. Gleichzeitig verspürte Elak, von Sephers Schwert am Rücken getroffen, ein taubes Gefühl. Die Rüstung war aufgerissen und die Klinge tief in den Leib des Schlachtrosses gedrungen.

Das Licht schwand aus Sephers Augen. Einen Herzschlag lang blieb er aufrecht im Sattel. Dann veränderte sich sein Gesichtsausdruck. Es wurde schwarz und verweste vor Elaks Augen. Der so lange in Schranken gehaltene Tod sprang Sepher wie ein geducktes Tier an.

Ein verfaultes, ekelerregendes Etwas sackte nach vorn und fiel aus dem Sattel. Es troff auf den blutigen Boden und blieb regungslos liegen. Schwarzes Blutwasser sickerte aus den Spalten der Rüstung. Das Gesicht, blicklos zum Himmel emporstarrend, war ein schrecklicher Anblick.

Ohne sich angekündigt zu haben, brach die Dunkelheit herein, und völlige Stille hüllte Elak ein.

Und der Teufel, der sie betrogen hatte, wurde in einen See aus Feuer und Schwefel geworfen, wo auch die wilden Tiere und falschen Propheten sind. Und sie sollen in Ewigkeit gepeiniget werden.
Offenbarung 20:10

Und wieder spürte er das Gefühl von Benommenheit und Schwindel, das dem Kommen Karkoras voranging. Ein hohes, summendes Heulen erklang schrill in seinen Ohren. Er hatte das Gefühl von etwas sich rasch Bewegendem. Ein Bild tauchte auf.

Abermals sah er den riesigen Fels, der inmitten der Berge aufragte. Auf seinem Gipfel der dunkle Turm. Elak wurde vorwärtsgedrängt. Am Fuße des Turmes öffneten sich Eisentore.

Das schrille Heulen war verstummt. Völlige Finsternis herrschte. Im Dunkel bewegte und rührte sich ein gegenwärtiges Etwas, und es spürte die Anwesenheit Elaks.

Der Bleiche sprang ins Blickfeld Elaks.

Elak hatte das Gefühl, in einer Verwirrtheit die Orientierung zu verlieren. Seine Gedanken wurden unzusammenhängend und wirr. Sie entglitten ihm und rotierten in der leeren Dunkelheit. An ihre Stelle kroch etwas anderes, und es wuchs. Es vollzog sich eine unheimliche, geistige Invasion. Die Macht Karkoras durchflutete Elaks Hirn, verdrängte Bewußtsein und Seele des Mannes, stieß sie hinaus und zurück ins Nichts. Ein traumartiges Gefühl einer Unwirklichkeit lastete auf Elak.

Still flehte er zu Dalan.

Trübe flackerte von weither eine goldene Flamme auf. Aus tiefster Tiefe kommend, vernahm Elak die Stimme des Druiden, leise flüsternd:

»Mider, steh ihm bei. Mider —«

Die Feuer Miders verlöschten. Wieder hatte Elak das Gefühl raschen Sichbewegens. Er wurde gehoben . . .

Die Dunkelheit war gewichen, graues Licht überflutete ihn. Er war jetzt, so schien es ihm, in dem Turm am Gipfel des Felsens in der Zitadelle Karkoras. Doch dieser Ort war nicht von dieser Welt.

Die Flächen und Winkel des Raumes, in dem Elak stand, waren wie im Wahnsinn verschoben und verzerrt. Die Gesetze von Materie und Geometrie schienen dem Wahnwitz verfallen zu sein. Wölbungen bewegten sich in seltsamen abstoßenden Krümmungen. Das Gefühl der Perspektive existierte nicht mehr. Das graue Licht lebte. Es kroch und schimmerte. Und der weiße Schatten Karkoras brannte vor Frost und schrecklicher Strahlung.

Elak fielen die Worte Mayanas, der Meerzauberin, ein, als sie von ihrem Sohn Karkora, dem Ungeheuer, gesprochen hatte: ›Er wandelt in anderen Welten, jenseits lichterloser Meere, über dem nächtlichen Nichts unter der Erde.‹

Durch das wirre Chaos trieb ein Gesicht, nicht-menschlich, irr und schrecklich. Das Gesicht eines Menschen, undefinierbar vertiert und degradiert, mit schütterem weißen Haar und Glotzaugen. Wieder mußte Elak daran denken, wie Mayana den Hexer Erykion erwähnt hatte, der den Bleichen geschaffen hatte.

›Vielleicht haust er noch mit Karkora in seiner Zitadelle. Schon seit Jahren habe ich den Zauberer nicht gesehen . . .‹

Wenn dies hier Erykion war, dann war dieser seiner eigenen Schöpfung zum Opfer gefallen. Der Zauberer war wahnsinnig. Geifer tropfte in den wuchernden Bart. Bewußtsein und Seele waren aus ihm ausgezogen.

Er wurde zurückgetrieben und verschwand im zermalmenden Strudel des schrecklichen, gesetzlosen geometrischen Chaos. Elaks Augen schmerzten vom Hinsehen. Er war nicht fähig, einen Muskel zu bewegen. Weiß schimmerte vor ihm der Schatten des Bleichen.

Die Flächen und Winkel änderten ihr Aussehen. Vor Elak öffneten sich Tiefen und Abgründe. Er blickte durch seltsame Pforten. Er sah andere Welten, und während sich sein Fleisch vor Entsetzen zusammenzog, starrte er in die Tiefen der neun Höllen. Gräßliches Leben schwankte vor seinen Augen. Dinge von nicht-menschlicher Form entstiegen nächtlichen Tiefen. Ein Todeswind wollte ihn ersticken.

Das Gefühl, daß sein Geist einem Angriff ausgesetzt sei, wurde stärker und stärker. Elak fühlte, wie ihm das Bewußtsein unter dem furchtbaren Zusammenprall mit einer fremden Macht entglitt. Und unbeweglich, tödlich sah Karkora zu.

»Mider«, betete Elak, »Mider, steh mir bei!«

Die wahnwitzigen Flächen bewegten sich immer schneller, wie in einer tollen Sarabande des Bösen. Vor Elak tauchten weitere

Visionen auf. Er sah unvorstellbare und sündige Dinge, Bewohner der äußeren Dunkelheit, Schrecken jenseits des Erdenlebens . . .

Der weiße Schatten Karkoras wurde größer. Die kriechende Strahlung schimmerte ekelerregend. Elaks Sinne wurden benebelt, sein Körper wurde zu Eis. Nichts existierte mehr, außer der gigantischen Silhouette Karkoras. Mit eisigen Fingern griff der Bleiche in Elaks Hirn.

Der Angriff brandete auf wie der Anprall einer Woge. Von nirgends kam Beistand. Es gab nur Sünde,Wahnsinn und schwarzes, ekelhaftes Entsetzen.

Ganz unvermittelt hörte Elak eine Stimme. In ihr raunte das Plätschern strömenden Wassers. Er wußte — jetzt sprach Mayana durch Zauber zu ihm.

»In der Stunde der Not bringe ich dir den Talisman gegen meinen Sohn Karkora.«

Die Stimme erstarb. Das Donnern des Meeres toste in Elaks Ohren. Ein grünlicher Schleier löschte die irren bewegten Flächen und Winkel aus. Im smaragdenen Dunst schwebten Schatten — die Schatten Mayanas.

Sie schwebten auf ihn nieder und gaben ihm etwas in die Hand — etwas Warmes, Feuchtes, Schlüpfriges.

Elak hob es hoch und starrte es an. Er hielt ein Herz in der Hand — blutig, schlagend und lebendig!

Das Herz Mayanas! Das Herz, unter dem Karkora im Mutterleib geruht hatte! Der Talisman gegen Karkora!

Ein schrilles Dröhnen wuchs plötzlich zu einem Kreischen des Wahnsinns, zerrte an Elaks Ohren, schnitt durch sein Hirn. Das blutende Herz in der Hand zog Elak nach vorn. Er tat einen zögernden Schritt, dann noch einen.

Graues Licht pulsierte um ihn und wurde allmählich blasser. Der weiße Schatten Karkoras wuchs ins Gigantische. Die irren Flächen bewegten sich in rasendem Tanz.

Und dann blickte Elak in eine Grube, an deren Rand er stand. Nur in den Tiefen dieses Loches gab es keine Beständigkeit der Materie. Am Grund lag reglos eine formlose fleischfarbene Masse.

Die Masse war von Menschengröße und nackt. Doch sie war nicht menschlich. Die breiigen Arme waren an den Seiten angewachsen, die Beine zusammengewachsen. Von Geburt an hatte sich das Ding nicht bewegen können. Es war blind und hatte keinen Mund. Sein Kopf war eine groteske Mißbildung schieren Grauens.

Fett, mißgebildet, gräßlich, ruhte der Körper Karkoras in der Grube.

Das Herz Mayanas schien sich aus Elaks Hand loszureißen. Wie ein Beil fiel es hinunter, auf die Brust des Entsetzlichen dort unten in der Tiefe.

Ein wurmartiges, schauderndes Zucken erschütterte Karkora. Der monströse Leib drehte und wand sich.

Aus dem Herzen Mayanas quoll Blut und verbreitete sich über das mißgebildete Schreckensbild. Sofort war Karkora nicht mehr fleischfarbig, sondern rot, wie ein schmelzender Sonnenuntergang.

Und plötzlich war in der Grube nichts mehr, außer einer sich ausbreitenden roten Lache. Der Bleiche war verschwunden.

Gleichzeitig erbebte die Erde unter Elak. Er spürte, wie er rücklings hinweggerissen wurde. Eine Sekunde lang war es ihm, als sähe er Felsen und Turm aus der Ferne, sich gegen einen Hintergrund schneebedeckter Gipfel abhebend.

Der Turm schwankte, der Fels geriet ins Wanken. Im donnernden Untergang stürzten sie zusammen.

Nur einen flüchtigen Blick erhaschte Elak. Dann löschte der dunkle Vorhang sein Bewußtsein aus. Undeutlich sah er ein blasses Oval. Es wurde deutlicher. Und es war das Gesicht Lycons, der sich über Elak beugte und ihm einen vollen Becher an die Lippen hielt.

»Trink«, drängte er. »Einen kräftigen Schluck!«

Elak gehorchte und stieß dann den Becher zurück. Mühselig erhob er sich.

Er befand sich am Paß der Gebirgspforte. Um ihn herum ruhten die Männer von Cyrena, dazwischen da und dort blaubemalte Krieger aus Amenalk. Tote bedeckten den Boden. Schon kreisten die Geier im Himmelsblau.

Dalan stand ein paar Schritte entfernt, seine schwarzen Augen sahen Elak eindringlich an. Er sagte: »Nur eines konnte dich in der Festung Karkoras retten. Eines.«

Grimmig erwiderte Elak: »Ich habe es bekommen! Und Karkora ist vernichtet!«

Ein grausames Lächeln umspielte den lippenlosen Mund des

Druiden. Er flüsterte: »Mögen also alle Feinde Miders sterben.«

Lycon warf ein: »Wir haben gesiegt, Elak. Die Armee Kiriaths hat die Flucht ergriffen, als du Sepher getötet hast. Und ich — ich bin durstig, bei den Göttern!« Er nahm den Becher und leerte ihn.

Elak gab keine Antwort. Sein Wolfsgesicht war düster. In seinen Augen lag tiefer Schmerz. Er sah nicht die triumphierenden Drachenbanner im Winde flattern, noch sah er vor sich den Thron von Cyrena, der ihn erwartete. Elak dachte zurück an eine leise, dahinplätschernde Stimme, die von ihrer Sehnsucht nach Wiesen und Herdfeuern der Erde sprach, eine schmale Hand, nicht von Menschenart, die durch den Vorhang gestreckt wurde — eine Meerhexe, die ihr Leben gegeben hatte, um eine Welt zu retten, zu der sie nie gehört hatte.

Der Schatten über Atlantis wich. Über Cyrena herrschte unter dem großen Mider das Drachenbanner. Doch in einer versunkenen Stadt marmorner Schönheit trauerten Schatten um Poseidons Tochter.

Originaltitel: DRAGON MOON

Aus WEIRD TALES Januar 1941

Bitte beachten Sie
die folgenden Seiten:

Karel Čapek

Der Krieg mit den Molchen

Ullstein Buch 2795

ein Ullstein Buch

Karel Čapek, einer der bekanntesten tschechoslowakischen Schriftsteller der Gegenwart, erzählt eine faszinierende Satire mit viel Phantasie und unnachahmlichem Humor: Vor der Sunda-Insel Tana Masa entdeckt Kapitän van Toch die Molche. Sie sind nicht nur geistig stark entwickelt, sie vermehren sich auch wie die Kaninchen. Bald kommt man darauf, die Molche als billige Arbeitskräfte an allen Küsten anzusiedeln. Aber was so vielversprechend begann, führt bald zum Dilemma . . .

Samuel R. Delaney

Sklaven der Flamme

Science Fiction Roman

Ullstein Buch 2828

ein Ullstein Buch

Das Reich von Toromon sieht nur einen Ausweg: Krieg. Aber wie sollen die wenigen Menschen, die die kosmische Katastrophe des Großen Feuers überstanden haben, den tödlichen Strahlengürtel durchbrechen, hinter dem sich der Feind verbirgt? Und selbst wenn der Durchbruch gelingen sollte, weiß man nicht, wie man den Herrn der Flamme bekämpfen soll. Denn seine Tarnung ist vollkommen; niemand hat ihn je gesehen . . .

Ullstein Western Magazin

Band 1
Ullstein Buch 2757

Band 2
Ullstein Buch 2769

Band 3
Ullstein Buch 2778

Band 4
Ullstein Buch 2801

Band 5
Ullstein Buch 2823

ein Ullstein Buch

Ullstein Western Magazin: Hier wird der ganze Wilde Westen in seiner magischen Ausstrahlungskraft vor dem Leser ausgebreitet. Legenden von Ruhm und Tod, von Grausamkeit und Heldentum, von Haß und Liebe. Wie die Helden ihrer Stories, sind die Autoren im Wilden Westen Amerikas geboren und aufgewachsen. Ihre Schilderungen sind authentisch. Sie zeigen das erregende Bild einer großen Zeit, in der sich kühne Männer die unendlichen Weiten des nordamerikanischen Kontinents eroberten.